# 木镜

MU JING

柴卓君 / 著

柴卓君文集

你还是那面木镜，
可我却已亭亭。

知识产权出版社
全国百佳图书出版单位

**图书在版编目（CIP）数据**

木镜：柴卓君文集/柴卓君著．—北京：知识产权出版社，2018.3
ISBN 978-7-5130-5414-0

Ⅰ.①木…　Ⅱ.①柴…　Ⅲ.①散文集—中国—当代　Ⅳ.①I267

中国版本图书馆 CIP 数据核字（2018）第 010655 号

**内容提要**

本书收录的文章类型包括散文随笔、旅行游记、命题习作、心得日记等，记录了作者从小学到高中的成长历程中，对身边事物、校园生活、社会见闻等的感知与理解。这些文章或是记录喜悦，或是倾诉烦恼，或是所见述评，或是所读有感……情感表达细腻，观点鲜明深刻，体现了作者的文学素养。本书可作为中小学生课堂习作的范文集。

责任编辑：李海波　　　　责任出版：孙婷婷

木镜——柴卓君文集
MUJING——CHAIZHUOJUN WENJI

柴卓君　著

| | | | | |
|---|---|---|---|---|
| 出版发行： | 知识产权出版社 有限责任公司 | 网　址： | http://www.ipph.cn | |
| 电　话： | 010 — 82004826 | | http://www.laichushu.com | |
| 社　址： | 北京市海淀区气象路50 号院 | 邮　编： | 100081 | |
| 责编电话： | 010 — 82000860 转 8582 | 责编邮箱： | 277199578@qq.com | |
| 发行电话： | 010 — 82000860 转 8101 | 发行传真： | 010 — 82000893 | |
| 印　刷： | 北京中献拓方科技发展有限公司 | 经　销： | 各大网上书店、新华书店及相关专业书店 | |
| 开　本： | 720mm×1000mm　1/16 | 印　张： | 12.25 | |
| 版　次： | 2018 年 3 月第 1 版 | 印　次： | 2018 年 3 月第 1 次印刷 | |
| 字　数： | 176 千字 | 定　价： | 45.00 元 | |

ISBN 978-7-5130-5414-0

人生中的第一张照片
（拍摄于 2001 年 5 月 31 日）

# 柴卓君
## 的成长瞬间

CHAI ZHUOJUN
DE
CHENGZHANG
SHUNJIAN

在妈妈的保护下，拍摄第一套
"艺术照"

▲
第一次出门远游

◀
第一次能够自己站立

▼
幼儿园的时光

4 岁开始学习小提琴

5 岁开始练习健美操

7 岁时加入学校田径队

小学低年级时每个周末都会去郊区游玩

小时候无论到哪里游玩，最关注的是动物

小学时开始喜欢摄影，并获得北京市海淀区摄影比赛一等奖

▲ 参加妈妈的博士毕业典礼

▲ 2013 年第一次领取稿费，至今发表文章 40 余篇，领取稿费 7000 余元

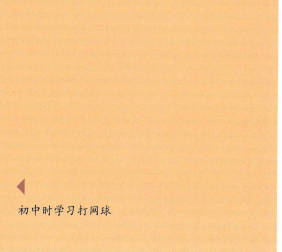

◀ 初中时学习打网球

第一次出国游学

喜欢旅游，感受世界

未名湖畔，博雅塔下

尼泊尔之旅

在西藏巴松措"客串"老师

先后三次赴西藏旅行、拍摄并进
行职业体验

高中暑期社会实践——拍摄
拉萨"雪顿节"

小学起先后加入"红通社""学
通社"和校记者团，拍摄微
电影《模联路上》和《默》

"腹有诗书气自华"

# 序

　　本书收录的文章是柴卓君从小学到高中的六年间所撰写的散文、游记、命题习作、日记的选摘。选择《木镜》作为文集的书名，源自"木镜啊，十年了，你还是那面木镜，可我却已亭亭……"（摘自文章《木镜》）。那是一面尼泊尔手工制成的，绘有图案的镜子，12岁的她，关注的却是镜子中的岁月流逝。超乎年龄的"早熟"心智、略显理性的思辨、辅以淡淡的惆怅，或许正是散文最擅长表达的情绪，文中既有对童年的不舍，又有对成长的渴望。而这也正是本书最主要的一种情感基调，是柴卓君成长的心路纪实。

　　柴卓君像许多北京孩子一样，从小就开始上各种各样的课外兴趣班：小提琴、体操、游泳、奥数……直到小学五年级时，她的班主任、语文教师张老师认为她已形成自己的文风，文字有趣且有思想，建议我们要深入培养她的写作特长。身为家长的我们能想到的培养方式就是支持她买各种喜欢的书，帮她下载评书和电影，鼓励她写文章投稿。她10岁时写的《理发师》是第一篇变成铅字公开发表的文章，渴望通过剪发体现自立的她对着镜子给自己剪发，一边唱儿歌一边剪，"唱完了一遍，那撮头发已经短了一截，但我没发现，觉得还不够秃。于是，又唱了一遍，那绺可怜的头发已经成了一个小矮子。我发现了，但还觉得不够秃，于是将剪子贴在头皮上，齐根剪。这时我的蘑菇头像是被巨人咬了一口"。文中充满童趣，让大人啼笑皆非。真是"有心栽花花不开，无心插柳柳成荫"，这之后的柴卓君沉浸于阅读与写作的陶冶中。生活

中遇到各种事情，她都会用文字抒写，或是倾诉烦恼，或是记录喜悦，或是发表感慨，或是所见述评，或是所读有感，毕竟文学和音乐一样也是一种可以倾诉个人情感的技艺。

三毛的游记、凡尔纳的探险故事、《草原小屋》系列小说，点燃了她的好奇心；塞万提斯、弗洛伊德对于时代幻象与心理学的经典描述让她在精神世界有了自己的粗浅探索；龙应台不知曾几何时也成了她跨时空的良师益友。而在《陪伴》中我们也看到了柴卓君与评书、相声之间的不解之缘。得益于此，她在语言描绘和逻辑价值观方面更贴近经典与传统。

成长的过程也有各种小思绪，在北京大学附属小学的《百草园的六年》、以操场为发生背景的《一颗图钉的梦想》、勉励自我的《初三不晚》……在她的笔下校园生活似乎有一份感伤，有军训的磨砺，有离别的不舍，有六月的晌午，有冬日的凄美，还有她对校园保安小哥的纪实随访。

"温暖中，图钉笑了。它做了一个梦，梦见自己变成了一个崭新的图钉，并将画报钉在黑板上，是那样熠熠生辉。"我们仿佛看到了安徒生笔下的小女孩……她在《一封退稿信》中学会感恩挫折；在《猫的死》中学会面对失去；在《写给爸爸的一封信》中学会成全别人……不愿长大却又渴望独立，每每在字里行间流露出她在最单纯的年华去观察这个并不单纯的世界的独到视角："有时我在想，至于人生的意义，大概就是我不知道明天会发生什么，并且我期待着，神秘、未知、自由，才是我所向往的人生吧。"

老柴于拉萨

2017 年 11 月 14 日

# 前言　从那面木镜开始

四年前的一天下午，恍惚记得那天阳光很暖，窗外似乎是有柳树发了芽。刚上初一的我写作业时无意间抬头，看到了桌上一面木镜里映出的自己。

恰巧桌上还摆着本书封面上我 6 岁时的那张照片。那时的我回想起自己在照片里那个年纪时，也曾经这样看过镜子里的自己。忽然发现同样是一面镜子，所映出的也同样是自己，而我看到的镜中的自己变化却是那样大。我至今还记得那一幕，当时自己忽然无比感慨，感觉自己长大了好多，感觉"时间"非常神奇，同时也令人非常无奈。

在那一瞬间我想到很多很多，这让我有点猝不及防，同时又不甘心无所作为，而让时间吞噬了这些想法。我很清楚，如果不马上把那些突然出现在脑海里的，如今看来多少有些"不可理喻"的念头写下来，它们恐怕用不了多久就会被自己遗忘、否定，就仿佛它们从来没有出现过一样。于是似乎是很被动的，我开始把它们写下来，因为我感觉我不得不把它们写下来。

这篇意外写出的小文，就是我在《北京日报》上发表的第二篇文章《木镜》。现在，我再次以这个名字命名本书。

虽然如今看来，《木镜》显得有一点儿多愁善感，还有一点儿幼稚，但正是从这篇习作起，我发现生活中很多事情都可以变成文字，变成文章，变成属于自己的永恒。那一天，我第一次找到了"写作"的感觉。

现在回想起来，那些猝不及防的想法大概就是所谓的"灵感"。而

那种不得不写下来的感觉，就是我写随笔的动因。至今我依然认为那是写作时应有，而且必须有的"感觉"。至少对我而言，写作文这件事绝不该是一项作业或者一道试题。它是一种生活的笔记，是思想驻留的痕迹。我认为写作必须是出于一种"想写"，甚至"不得不写"的心态去完成的事情。因为在感情突然涌上心头，不忍忘记的念头突然出现在脑海，或是在"美的逼迫"面前，只要会最基本的技巧，就很容易写出好的文章。

我常常想，为什么要学习？尤其是学习写作文，鉴赏古诗；为什么要看书？记得我小学的时候就很喜欢看故事书，之后接触越来越多的小说、散文，都能沉醉其中。但唯独不爱看诗歌、古文，原因很简单，因为看不懂。而如今读到高中，在课上老师的讲解中忽然发现，原来古诗里的美丝毫不逊于现代散文。越是学到的多，越是能发现更多的美，更多的情感会涌上心头，更多的想法也会浮现在脑海。同时也发现阅读英文原著时会给人带来与阅读中文翻译版著作时不同的享受。

无可否认，读书是一种享受。就像看电影、玩游戏一样，读一本吸引人的好书能使人获得无比的快乐，因此读书也是一种自觉的需要。而为何要学习语言文字，就是要学会不同国家的语言以后，才能够领略到那些异域的美，学会识字赏文，才能得以享受其中带给你的美好。同样，学历史、政治、化学、物理，才能发现其中的奥妙，以享受其中别样的快乐。

写作一定是建立在庞大的阅读量和丰富的生活阅历上的，二者缺一不可。小孩子为什么很难写出漂亮的文章，我认为是因为孩子缺少好文章中所必需的情感和亲身经历。"情感"和"经历"是学不来的，也不是看几本"有用的书"就能练成的。如果强迫一个孩子写出"问君能有几多愁，恰似一江春水向东流"这样的名句，最多只能逼得他无病呻吟，制造出无数"虚情假意"。因此不要急于求成，孩子们只是需要一点儿时间去经历、去感受、去思考。当一个孩子的作文里有了爱，有了思考，有了感动，拿高分自然就不在话下。

　　最后，我想说的是，本书的存在，并不是因为其中文章有多么好，只是在我的小学和初中阶段花在写随笔上的时间可能比别人多一些，留下的痕迹也多一些。于是在我希望这些生活中的点点滴滴以书的形式展现给更多人时，就有了这本书。它见证了我小学到高中六年来的思想变化，记录了我学习生活中琐碎但不平凡的时刻，留下了一个个细微的瞬间带给我的触动。

　　而这一切，都是从那天写作业时，无意中向桌上木镜中的一瞥开始……

# 目 录
CONTENTS

表 …………………………………………………… 001

一个人 ……………………………………………… 004

三月晌午 …………………………………………… 007

六月晌午 …………………………………………… 008

雨 …………………………………………………… 009

"理发师" …………………………………………… 010

训练到"脱水"时 ………………………………… 012

冬日里一棵小白杨 ………………………………… 014

木 镜 ……………………………………………… 016

冬日的早晨 ………………………………………… 017

真人 CS …………………………………………… 019

这菜是我做的 ……………………………………… 021

陪 伴 ……………………………………………… 023

百草园的六年 ……………………………………… 025

世界杯的魅力 ……………………………………… 026

弱柳扶风 …………………………………………… 027

一颗图钉的梦想 …………………………………… 028

一封退稿信 ………………………………………… 030

木镜
柴 阜 君 文 集

翻开《红岩》·································· 032

虎皮鹦鹉"一唱一和"···················· 034

做一个快乐的人·························· 036

初三不晚································· 038

在西藏"客串"一次老师···················· 040

蝉　蜕································· 042

目　送································· 044

最后一颗柿子···························· 046

我与二胡有个约定························· 048

在胡同遇见你···························· 050

一道风景线····························· 052

诠释"震撼"···························· 054

回　家································· 056

莫斯科郊外的清晨························· 058

依然白雪阳春···························· 060

北漂并不陌生···························· 062

随性旅行······························ 064

真正的懂······························ 067

那时不懂珍惜···························· 069

张掖路上······························ 071

冬天里的春天……………………………………… 073

高中时代最漫长的五分钟……………………… 075

街区小确幸………………………………………… 077

你的季节…………………………………………… 079

第六次看那海棠花………………………………… 081

写给爸爸的一封信………………………………… 083

听　见……………………………………………… 085

听　曲……………………………………………… 087

我不怕……………………………………………… 088

真假一百分………………………………………… 090

零钞的世界………………………………………… 092

我心飞翔…………………………………………… 094

北京欢迎你………………………………………… 096

跪…………………………………………………… 098

改　变……………………………………………… 100

猫的死……………………………………………… 102

猫馆之昏…………………………………………… 104

思念·星空………………………………………… 106

内蒙古啤酒节……………………………………… 107

美的瞬间…………………………………………… 109

窗外的冬 …………………………………………… 111

香 ………………………………………………… 113

草地上 …………………………………………… 114

写　作 …………………………………………… 116

妈妈的爱 ………………………………………… 118

小丑的微笑——无声动画电影《魔术师》中小丑

　　的内心独白 ……………………………… 119

我在学二胡 ……………………………………… 121

莲　蓬 …………………………………………… 122

莲 ………………………………………………… 123

三脚架上的"一二·九" ……………………… 124

我有我的担当 …………………………………… 126

忍一忍 …………………………………………… 128

且行且珍惜 ……………………………………… 130

相视那一刻 ……………………………………… 132

不能没有你 ……………………………………… 134

忙　碌 …………………………………………… 136

向　上 …………………………………………… 138

忆月食 …………………………………………… 140

回家的期盼 ……………………………………… 142

强大的书…………………………………………… 144

藏宝屋…………………………………………… 146

"送"一份孝心 …………………………………… 148

小仓鼠要过冬了………………………………… 150

最不健康的"树"………………………………… 152

"我也想家了"…………………………………… 154

山………………………………………………… 156

格根塔拉之旅…………………………………… 158

呼和浩特，再见！……………………………… 160

我想当老师……………………………………… 162

最"强大"………………………………………… 164

风　波…………………………………………… 166

说　争…………………………………………… 168

后记　致迷茫中的我们………………………… 170

# 表

孩子，你奢望有一块表，
一块属于你的小手表。
手表上，镶嵌着闪闪发光的宝石。
你希望，手腕上有一个东西，
像手镯一样美丽，
却像大人一样成熟。

孩子，你渴望有个小闹钟，
可以放在床头，
听它的秒针在转动，
听它的铃声不停地响。
在你看来，一切都那么奇妙。

孩子，你希望有个布谷鸟钟。
因为你喜欢上面的木雕，
喜欢里面的小鸟，
喜欢它报时的声音，
但你从不知道这意味着什么。

当你长大了，有一天，
你会离不开表。
那时，当你再看手表，
也许你会飞奔在去学校的路上。

那时，你再看手表，
你也许不会再赞美，
而会惊呼时光的飞逝，
或者呆呆地看着秒针走了一圈又一圈。

那时，你不会再选择可爱的儿童表。
你心仪的，将会是清晰的电子表。
也许它并不漂亮，
但你将渐渐离不开它。

当你长大了，有一天，
你会讨厌闹钟，
因为它会打扰你的美梦。
会在天还未亮时，
就吵醒你。
你喜欢的清脆的铃声将不再悦耳。
当你一听到，
便会充满厌恶。

当你长大了，有一天，
你会希望布谷鸟慢些从钟里出来。
时间太快了，
你会感觉布谷鸟不停地在叫，
而你却还未摊开作业本。

但终于会有一天，
你不再需要表了，
那时，你已经老了。
你不用赶时间，
不用闹钟来叫你，
不用盯着面前的一分一秒。

你会明白，表针每转一圈，
你的时间就少了一圈。
你希望时间慢些，
再慢些，
珍惜现在，
你还没有表。

（写于 2014 年 5 月 12 日）

# 一个人

假如有一天，我厌倦了。
我会背着书包乘一辆公车，
车开了，我不辨方向也不管终点，
我在靠窗的位置坐下，听耳机。

我驶向这熟悉的城市中，
某一个陌生的角落，
遇见陌生的人，陌生的车，陌生的路灯。
无所谓去哪里，我要戴上耳机，
在安静中遇见纷杂，挤过人流，
向前，一直走向自己。

我或许还拿着相机、笔记本，
或许在一个人的音乐里，我会看见风景，
在车水马龙，在人流，在喧闹里，
我拍下风景，记下只有一个人时才能看得见的东西。
或许是吹落了一地的花瓣，
或许是地上一只五颜六色的小虫，
或许是商店的玻璃窗里映出来的自己，
或许是一排树，谁知道呢？

我会在陌生的巷子里穿过，听人们的谈话。
或许点餐、问路，
同他们说话，听他们说话。

无所谓目的，
毕竟我是一个人，
一个人走在谁也不认识我的地方。
毕竟我已经厌倦了，
毕竟我还是我，毕竟这只是一天。
无所谓去哪里，无所谓干什么，
反正我终将遇见些什么，
也终将走到哪里去，也必然去干些什么，
谁知道呢？

反正我是一个人，
忘了时间，忘了地点，忘了学校，
也许我会找到我，
是的，我去寻找漫天目的中终将自己去的地方。

无所谓哪里，或许是缘分，随便吧。
我一个人走着，走着，反正是一个人就好。
也许我会走到自己的世界里去，
那是个什么世界，我很好奇，不过也无所谓，
反正那是我的。

也许我会寂寞，那就回去好了，
反正并没有什么目的地，

反正不过是一场旅途，

去寻找自己。

我将不会对任何人提起，

毕竟这只是个没有目的地的旅行。

（写于 2016 年 11 月 25 日）

# 三月晌午

　　三月，春天里的晌午，本应是艳阳高照的。可今日的晌午，天，却是惨白的，阴霾的。太阳，本该在天上给予大地温暖，可它却躲在霾后面。它的缺勤，使万物昏沉。

　　我静静地坐在教室那扇昏沉的窗前，看着灰蒙蒙的教学楼百无聊赖地站着。白杨树还是光秃秃的，一点儿绿意也没有。也就是这个昏沉的晌午，倒也有几分宁静。

　　风轻轻地刮了一阵，见并没有人注意到它，也就懒得再刮下去了。校园外的柳是时候发芽了，吐出点点绿芽，但这零星几点绿，在这一片昏沉的灰色中，却显得些许违和。其中，几棵柳还是忘了发芽，不过没关系，不着急。现在刚刚开春，我们的时间还有挺多的，挺多的。

（写于 2015 年 3 月 19 日）

# 六月晌午

白杨树上的叶，早已成了深绿，绿化带中的草和灌木，也不知被修剪了多少次。柳树长得太疯狂，引来了"灭顶之灾"。蚊虫肆虐，这是属于它们的季节。

人们躲在开着空调的屋子里，把深灰的教学楼留在艳阳下闷热的空气里，好像要把它们熔化。教学楼都要站不住了。

风偶尔吹动树上的叶子，想来它定是喜欢上了那树叶带来的绿色的"沙沙"声，新生的小鸟都长大了，不顾刺眼的阳光，还是欣喜地在阳光下飞翔。还有什么能阻挡得了它们呢？

风不吹了，它也耐不了夏的热情。太阳带来了太多温暖，晒干了弱不禁风的花儿。哦！不，这不是太阳的错。它们如今本就该败了，只可惜如此炙热，也难免让人误解。

操场上，学生们在跑长跑，他们喘着粗气，心中祈祷风能带一朵云来，把这烦人的太阳遮住。不巧，风去避暑了。于是，太阳继续微笑着竭尽全力给予大地温暖。它爱孩子们，可它老了，听不到孩子们的抱怨。

终于，跑完了。学生们回教室休息了。终于，飞累了，鸟儿也休息了。终于，安静了，这就是六月的晌午。

话说回来，这样的晌午，倒也有几分沉闷，不过，这不会太久，过一会儿，鸟儿就又出来了，孩子们又会跑出来，风也会又吹起来。

快了，快了……

（写于 2015 年 6 月 5 日）

# 雨

雨，不停地下着，随心所欲下到它愿意去的地方。

抬头仰望阴郁的天空，耳边是雨欢快的滴答声，与这样昏沉的天格格不入。

遛狗的人回家了，嬉戏的孩子跑远了。散步的老人挂着拐杖蹒跚地上了台阶，房门在他身后关上了。只有马路上的车还是川流不息的，忙碌的人纷纷撑起了伞。

雨雷之声淹没了嘈杂和喧闹，留下一份宝贵的寂静。

趴在窗边的小孩听到轰轰的雷声，"哇"一声哭了起来；患了风湿病的老人躺在床上揉着作痛的腿，咒骂这该死的天气；写字楼里的人们还是加班工作着，为如何回家而发愁。

好了，现在，一切都属于雨了。

还没有那么糟。雨声里，鸟儿叫了，花儿笑了，孩子睡着了。

滴答……滴答……雨还在下，究竟什么时候停呢？快了，快了……

（写于 2015 年 5 月 1 日）

# "理发师"

每当我跨进理发店的门口，就会想起五岁时我的"梦想"和那张照片。

从小姥姥就告诉我：妈妈小时候特别自立，早上起来，自己对着镜子，拿着小梳子梳头。从那时起，我认为梳头就代表着自立。那理发师是不是很自立？

我梦想成为理发师，想学着妈妈小时候，自己梳头。五岁的一天，趁姥姥在做饭，没注意我，我翻箱倒柜，想找一把梳子，学学妈妈的"自立"。因为，我认为，如果我能自己梳头，姥姥也会夸我自立的！但是，我没找到梳子，只找到了一把剪刀。我自言自语道："反正理发师也用剪刀！"

我拿着剪刀，站到镜子前，看了看我那美丽、可爱的小蘑菇头，真不知道在哪"下手"。于是，摸了一圈头发，找到一处有点儿厚。啊！终于找到了！我用稚嫩的声音唱着新学的儿歌："我在马路边，捡到一分钱……"手上拿着剪刀，对着那撮头发，跟着音乐有节奏地一张一合、一张一合。

唱完了一遍，那撮头发已经短了一截，但我没发现，觉得还不够秃。于是，又唱了一遍，那绺可怜的头发已经成了一个小矮子。我发现了，但还觉得不够秃，于是将剪子贴在头皮上，齐根剪。这时我的蘑菇头像是被巨人咬了一口。还好，这时姥姥来了，她哭笑不得地说："你们还要拍毕业照呢！你咋办？"我仍看着姥姥，笑着说："我自立了吗？"

后来，姥姥带我下楼剪头，理发师也没办法。没过几天幼儿园给我们拍毕业照，我脑门上的头发明显秃了一块，我以这个形象，毕了业。

随着时光推移，我想当理发师的念头早已经变了，但那张照片和记忆却留在了我的脑海里，永远永远……

（写于 2011 年 10 月 18 日，发表于 2013 年 8 月 19 日《北京晚报》第 44 版）

# 训练到"脱水"时

六天，绝对不短，也并不是很长，如果用一个字来形容这六天，不是"苦"或者"累"……而是——"新"。

一切都是新的，第一次。军训时，是我第一次真正学会坚持，第一次在中学获得友谊，第一次知道什么是必须，什么是禁止，也是第一次趴在桌子上就能入睡。

坚持，是坚决保持，维护或进行，是意志力的完美表现，也常常是成功的代名词。

坚持每一分每一秒都是对自身的一个突破，都是一种超越，就像站军姿从 10 分钟到 15 分钟，从 15 分钟到 20 分钟，都是对自我的超越，哪怕是 1 分钟，都是一种突破。在累了的时候，面临一种选择，是坚持还是放弃？军训时，这个答案已经有了，那就是坚持。

当我们需要坚持，而不是放弃时，仍然有一种选择：是面带笑容地坚持还是唉声叹气。当坚持干完了，便会带有成功的喜悦，而不可以有更高的奢望。

军训的目的还有一个——收获友谊。有人说一位好的朋友就是一双手，在困难时助自己一臂之力，在迷茫时为自己指引方向。

军训时，我认识的第一个同学是郭昊飞。第一天军训，因为自己并不认识任何人，不免有些紧张，教官调了位子，把我和郭昊飞调在了一起，她第一个与我说话，渐渐便成了朋友。

第五天，因为汇演训练十分艰苦，太阳也出乎意料的热，我水带得

不多，所以才9点就喝完了，12点时真有点儿要"脱水"的感觉。可是，我没有水喝了，郭昊飞也没水了。郭昊飞因为是从育新小学升上来的，所以找小学时的同学借了些水。水不多，她却转过身分给了我一半。这就是朋友吧，这就是朋友在困难时伸手给予的援助吧！

六天一眨眼就过去了，有人说：如果把人生比喻成一本书，那么军训便是其中精彩的篇章。从中学的军训起，我开始了新的生活、新的体验。新学期，我准备好了！

（写于2013年8月29日，发表于2013年9月16日《北京晚报》第44版）

# 冬日里一棵小白杨

　　曾经，有一棵树，当他还是棵树苗时，便被绿化工人种在了北方的一个小路边。和其他树苗一样，他在一个美丽的春天出生。从那时起，他便希望自己是一棵小松树，这样在秋天就不用舍弃自己宝贵的叶子。

　　随着慢慢长大，他渐渐清楚自己只是一棵小白杨。他十分懊恼，但他仍继续生长，毕竟这还是夏天，秋还没来呢！从他第一次长出新枝和绿叶的时候，他就下定决心不丢弃一枝一叶。所以，在他的脚下，从没出现过一片叶子。而在他头顶上，却有比别的树更多的叶子。他太爱自己的叶子了。

　　等到夏天快结束时，小白杨开始喘气了，太多的叶子在他头顶上面，压得小白杨弯下了腰。进入秋天，他的伙伴们任风吹落自己发黄的叶子，渐渐变秃。他们不止一次地提醒小白杨快丢弃自己的叶子吧，但小白杨怎么舍得呢！

　　所有树，除了小白杨和松树外都只剩下了树干，但小白杨的叶还从未掉下过。风儿吹过，小白杨把叶子抓得更紧。秋也拿他没办法，便随风离去了。

　　紧接着，随着一场雪，冬来了，树都进入了梦乡。这时候，小白杨却仍顶着越来越沉重的叶，不忍松手。他总相信，冬很快会过去。

　　北风吹着雪花，打在小白杨身上。他抖一抖叶上的雪，静静等待春风的到来。

　　三个月，转眼过去了，别的树刚刚苏醒，热情地向小白杨打着招

呼，小白杨看着春的到来，松了一口气，欣慰地笑了，记得一年前，他还是一株小苗。

当别的树刚刚抽出点点树芽时，小白杨有的是茂密的叶子，小路上的人们把他拍下来，在互联网上、在报纸上、在人们的谈话中，他成了主角，越来越多的人关注他。

又是夏出场的时候了，小白杨渐渐笑不出来了，随着继续长大，枝越来越多，叶越来越沉，他好累好累，但他却仍不肯放松手中的叶。

直到秋天，小白杨感到那么疲惫！他知道，若自己松一松手，便会轻松许多，但他并没有那么做，还有什么比自己的叶更宝贵的呢？

深秋了，秋风使劲扯着小白杨的叶，而小白杨却不如一年前了，他没有力气与风搏斗了，他太累了，他眼看着自己心爱的叶被风残忍地扯去，却无能为力。要知道，他是多么爱自己的叶。

在那一年的冬天，小白杨顶着仅存的几片叶，感到了从未有过的轻松。东北风呼呼地吹，从他指缝中抠出一片片叶，小白杨好伤心，只得任风吹落旧叶。当最后一片叶被冬夺去时，小白杨的心碎了。与此同时，他也渐渐睡去了。

第三年春天，小白杨和其他的树一同醒来。这一年的春天，他的芽更绿，树叶也更茂盛。这是因为，小白杨在冬眠期积累了更多的养分。小白杨终于明白：原来，放弃有时也是积蓄力量。

（写于 2013 年 11 月 27 日，发表于 2013 年 12 月 20 日《北京日报》第 18 版）

# 木　镜

　　渐渐地，渐渐地，发现自己已不是自己了。同样是那面木镜，照出来的却不是自己了。

　　至于那面木镜，我似乎已不记得它何时静静地被摆在了桌上。镜上的灰，厚了；镜中的影，模糊了；镜中的自己，陌生了。

　　从笑眯眯的大眼睛，到平静的眼神；从古怪的鬼脸，到低声啜泣的心；镜中的发，齐肩了，凌乱了。同样是一面木镜，为什么我看到的总是不同呢？同样是自己，为什么变化那么大呢？

　　人们说，生活是一面镜子，你对它笑，它就对你笑；你对它哭，它也对你哭。可为什么我冲它笑，它却总带着伤感。我对它哭，它总露出一丝嘲讽。小时候，我好想快点儿长大，长大后，才发现童年那么美好。木镜啊，我的成长是否被你尽收眼底，我的变化你可知一二？如果你还记得，请告诉我，我小时候的样子。因为，我已不认识那时的我了。

　　木镜啊，十年了，你还是那面木镜，可我却已亭亭。你脏了，我会把你擦拭；可我长大了，你能把我变小吗？

　　镜中，把我扛在肩头的父亲，何时已生出几丝白发？把我抱在怀里的母亲，何时已让皱纹悄悄爬到脸上，再也抱不动我了？

　　木镜啊木镜，我可否回到过去？木镜啊木镜，可否再让我看一看儿时镜中的自己？

　　（写于2013年12月15日，发表于2014年1月10日《北京日报》第18版）

# 冬日的早晨

北京冬天的早晨，太阳还没有出来，一切都显得朦朦胧胧。

车站旁的一切好像被一只无形的大手揉在了一起，被几排半明半暗的路灯勉强支撑着，几辆亮着灯的汽车在黑暗中飞驰，划出一道道优美的线条。

伴着雾霾，北京的楼、北京的灯，还有北京的车，都显得朦胧，像是在梦境里一般。远处出现一个很小的红点，渐渐清晰了，哦，是我要坐的公交车。

车门"吱呀呀"地开了。我踏上车，发现车里除了司机，一个乘客也没有。车上也没有开灯，只有两个人的公交车中，隐藏着一种空虚和寂静。我找了一个靠窗的位子坐下，像看电影一样盯着窗外的景。忽然，一盏盏路灯熄灭了，让这个早晨显得格外宁静。

像是有人操控着，四周的一切渐渐露出了轮廓。天也从黑变成了深蓝。这一切发生得十分自然，几乎难以察觉。

车又一次停下，几位戴着口罩的人上了车，一坐下就都不约而同地掏出手机看了起来。我心中不免感到有些可笑：身边的景正在变换呢！这样的变换在手机上能看到多少呢？

天空并没有留给我太多思考的时间，待我将目光再一次转向天边，那儿已经从深蓝变成了浅蓝。可真快呢，但是，除了我，还有谁察觉呢？

那一点点浅蓝渐渐蔓延到了穹顶。与此同时，天边已变成淡淡的橙黄。这样一幅美妙的画作究竟是出自哪位画师之手呢？而又是谁愿意将自己的画无偿展现给世人呢？

那一点淡淡的橙黄并没有像浅蓝一样蔓延到穹顶，而是不声不响地消失了，取而代之的是一片白！那绝不是云，但却是那样白！高压线塔和一栋栋房屋都像是画在上面的画。每一根线条都是那样清晰，让人无法用语言来描述。

白色的天际并没有持续太久，仅是一会儿，就像橙黄一样，混在蓝色中间消失了。

就这样，太阳也在不知不觉中升到了屋顶，似乎发送出一份份温馨的祝福，为人们开启了新的一天。

到站了，我下车走进校门，同往常一样和老师、同学们问好。新的一天开始了，但还有谁看到了这个寻常而又神奇的早晨？

（写于2014年1月18日，发表于2014年2月28日《北京日报》第18版）

# 真人 CS

寒假冬令营的最后一天，我们安排了"真人 CS"。

经过一轮的演习，指导老师为我们做了规则讲解：胜负在于人数，若被敌人打中三次就牺牲了，也就是说只要保命就能胜利。当然，在此基础上攻打对方的次数越多越好。

真正开始战斗时，我躲在最后，别人无论如何也不可能打到我。这样躲了前半场，渐渐觉得光躲着有些没意思了。

我移动了步伐，向前走了一步，这个举动使我一半的身子暴露出来。在我的帽子上有四个红点，马甲上也有四个红点，只要被对方打中红点三次，我的游戏就结束了。只要别人打中我，我的马甲就会响一次。而我若射中了别人，我的马甲就会响三次。我这样躲着，很安全，但我很想知道打中别人马甲响三下是怎样的感觉。

忽然，一个奇怪的念头闪现在我的脑海中：打战友！没有规定不能打战友啊！每个人有三条命，如果一条没了，不是还有两条吗？

我看了看四周，发现另一个战友躲在墙角。因为是第一次参加冬令营，所以这是一位我之前并不认识的战友。我走上前，举起枪，开玩笑般地说："我开一枪，你会介意吗？"身处安全地带的他被这突如其来的一句吓着了，哀求着说："别介呀！"但说话间我的手指已扣动了扳机。

虽然我的肩头响了三下，我却没有想象中的喜悦。猛然间，我明白了，假的成功无法带来喜悦！真正的喜悦应当是勇往直前，赢得一场胜

利。被我开枪打中的那个战友和我商量，决定一同向前闯，迎接挑战。

最后的结果如何似乎已不再重要，重要的是懂得了"成功"和"团结协作"的意义，这已经足够了。

（写于2014年1月28日，发表于2014年3月7日《北京日报》第18版）

# 这菜是我做的

姥姥正在厨房忙，忽然，她停下手中洗的菜，叫我过去："你已经十几岁了，姥姥一定要让你学会几个拿手的菜！来，姥姥教你做西葫芦炖豆腐。"听完我笑了，不就是把西葫芦和豆腐放在锅里一炖就好了吗？这么容易不用教我也会呀！

我伸出手，示意姥姥把西葫芦和豆腐给我，心想我把它们放在锅里翻翻就好了。哪知姥姥给我一整个西葫芦和一大块豆腐，说："你把它们切切吧。"我吓了一跳，这回还得"动刀子"啊。看着在案板上滚着的西葫芦，我打了个寒战，之前虽然也切过一点儿，但面对这个站不稳的东西，心中还是没底儿。

我右手拿刀，左手不知该扶哪儿，总怕一刀下来，西葫芦跑了，切着手指头。于是，我两手握刀，追着西葫芦跑，我的刀一挨上，它就滚一下。我心想它死到临头还挣扎，真是生命力顽强啊！追来追去，终于把刀按上去了，我小心翼翼地握着刀，让刀从头到柄都放在西葫芦上，使劲一按，想着赶快把它劈开了事，没想到竟没劈下去。

在一旁看着的姥姥终于忍不住了，说："在一个点使劲儿比一片使劲儿更容易呀，人在薄冰上都是趴着，你看哪个站着的？站着就掉下去了。"转眼间，眼前的西葫芦变成了冰，"趴着的"刀变成了一个人，我悄悄让"那个人"站起来。"扑"一声，西葫芦分成了两半，我终于松了口气。

接下来切成片就简单了。切完西葫芦切豆腐，豆腐又不会跑，所以

也不在话下。

　　终于到开锅了，把它们往锅里一倒，翻一翻，放点盐和水，没一会儿就做好了。

　　打开锅盖一尝，还真有几分滋味呢！我终于可以大声地说一句："今天的这道菜是我做的！"


　　　　　（写于2014年2月4日，发表于2014年3月14日《北京日报》第18版）

# 陪　伴

这是一个落上尘土的收音机。今天，我再一次拿起它来，擦拭它，就像擦拭我童年的回忆。

从我记事起，它就被摆在床头柜的角落里。在需要发声时，伴着一点点静电的干扰，它为我播放我喜爱的频道。这个声音在多少个夜晚陪伴着我，成为我的"依靠"，在黑暗的房间中，给我安慰，伴我入睡。

在我上幼儿园时，我听到最熟悉的是那个稚嫩的声音"小朋友，小喇叭开始广播啦！"一听到"嗒嘀嗒"这样的声音，便会马上想到"小喇叭"这个词，还有那一个个经典的故事，至今耳熟能详。

后来，我上了小学，这样的童话故事渐渐离我远去，取而代之的，是早上七点的《空中笑林》节目。"87.6"这个数字走进了我的生活。上学前，我总能赶上《空中笑林》的上半场。听完，带着一副笑脸走进学校，开始一天新的生活。

回到家，因为小学时作业很少，所以一做完作业，我便打开收音机，按着那个调频的按钮。有时听上一段音乐，有时听一会儿新闻，但更多时候，我所享受的，只是按着按钮，听不同的人发出不同的声音，讲述不同的故事。饶有兴趣地听哪一个频道的静电干扰最小，一发现就兴奋得很。

再大些，四年级时，我无意中听到了一段单田芳演播的《水浒传》，之后便爱上了评书，听起了单田芳一个又一个评书。我发现评书比童话好听得多，我喜欢单田芳的声音，喜欢他对人物穿着的描述，更喜欢一

个个逼真的人物。从那时起，我更离不开这个小小的收音机了。

等到我上五年级后，手机和一系列电子产品近乎取代了收音机，我也开始用手机听起了评书。此后，收音机被放入柜中，再没被打开过。

今天，我再一次拿起它，为它换上一块新电池，当那个小小的电源灯又一次亮起时，我热泪盈眶。那是一个引领我走进回忆的灯，一个个有里程碑意义的画面浮现在眼前。

这，是我的收音机；这，是我的回忆。

（写于2014年4月12日，发表于2014年5月16日《北京日报》第18版）

# 百草园的六年

百草园中，度过了六年光景，这个百草园不是鲁迅先生的故居，而是我的母校——北京大学附属小学的一个后花园。

百草园是鲁迅先生童年美好的回忆，在北京大学附属小学校园中也有这样一个百草园。我想，老师们是希望这个百草园，也给孩子们留下快乐的童年记忆吧。

我们的百草园中没有菜畦，也没有什么石井栏。那小小的百草园里有一块石碑：上面写着"百草园"三个字。一年级的我，识字不多，常爬到那石碑上，用手指轻轻描着那三个字。

百草园的回忆不仅于此：科学课上，老师带着我们去看古树。那园中没有鲁迅先生笔下的皂荚树，却的确有不少高大的古树。第一次见到古树下那拇指大的、白白的小蘑菇时，忍不住把它轻轻摘下。雨后百草园的古树下，是不是依然生长着那种蘑菇呢？

当然，百草园里，还充满了影子和声音。为了排练校庆的舞蹈，我们曾多少次躺在那片土地上，我们曾把汗水洒在上面，洒在当时看来那么寻常的土地上。我们的影子在一点点变长。看，那些影子在跳舞呢；看，它们又贴着百草园的地跑呢；听，它们发出孩子特有的笑声。笑声在百草园上空久久回荡。

今天，当我再次踏上这块百草园，我依然能听到那熟悉的笑声。它们依然在百草园上空回荡——只不过那笑声，已经是属于我们的学弟学妹了。

（写于2014年3月20日，发表于2014年6月27日《北京日报》第18版）

# 世界杯的魅力

世界杯开赛了，我虽不是球迷，却也对它有所了解。但那一刻，我真正被足球的魅力震撼了。

地铁上那些小小的电视里，传出娱乐节目主持人和嘉宾逗乐的声音，我有些疲倦，低下了头，昏昏沉沉。

不知过了多久，再听车厢内似乎不那么嘈杂了，只有地铁飞快行驶的声音和低低的说话声。我没有四处张望，只是静静等待着到站后快些下车。

突然，车厢内沸腾了！刹那间，车厢内满是欢呼声，却又立刻平静了。我一怔，立刻抬起头，发现所有人的眼睛都盯着小小的电视，连小孩子也踮起脚，仰着头看着。不知什么时候电视上不再是娱乐节目，换成了世界杯转播。所有人都停下手中的事，一起把目光投向电视，那个小小的电视承受着男女老少无数人的目光，好像要被挤破一样。

进球的欢呼声不算狂放，大家因为在公共场所而刻意降低了声音，却遮不住内心的激动。短暂的欢呼后，大家很快安静下来，车厢里只剩下解说员的声音，显得格外清晰。

下车了，脑海里依然回荡着那欢呼声，我深深地被世界杯折服了。它能轻易地使所有人的目光聚在一起，它能永不过时地风靡全球，这就是世界杯的魅力。

（写于2014年6月23日，发表于2014年7月4日《北京日报》第18版）

# 弱柳扶风

窗边，柳挡住了视线。在风中，不停地摇曳。在阳光下，闪出那样纯净的翠绿。

这是在四层楼，想望到头，还得扬起脸，看雨后蓝天上点缀的几丝绿意。这树，着实不美，却因有了这软软的柳枝和千百片船儿似的叶才这样引人注目。

说黛玉"闲静时如姣花照水，行动处似弱柳扶风"。再看这柳，却真是有些腼腆，像故事书中那恬静的柳姑娘。但你若仔细看过，这柳枝中，依稀有豪爽的线条。手腕粗的树枝，撑起数十条优美的柳枝。

我说这柳树柔中带刚，并非世人所讲的那样柔柔弱弱。春柳，是美的。而冬日严寒中飘满雪花的它却显得庄严肃穆，又有一丝苍老。小区里这棵树远离湖水，却仍如此旺盛。记得刚来这个小区时，这树还不到四层楼高，如今却有六层楼高了。而我，也不再是那个总爱折柳枝的小学生了。

那天夜里，风雨大作，几棵树倒了。但这柳却没有倒，连那柳枝都没断几条。风不过吹它在空中罢了，风止，它便也平静了。

我没有阖窗，只为听它在那微风中，与鸟儿和着，倾诉着。听那种自由的声音。

为之陶醉。

（写于2014年6月16日，发表于2014年7月刊《海内与海外》杂志第64页）

# 一颗图钉的梦想

一个安静的午后，学生捧着一盒图钉，从教学楼穿过操场，跑向老师的办公室。

因为颠簸，一枚图钉掉了下来。但学生并没有停下，于是，图钉留在了操场上。

学生把其他的图钉给了老师，老师用图钉把画报钉在黑板上。

好多同学聚过来看，在看画报的时候也看到了图钉。

而那枚操场上的图钉，却只是躺在那里。

体育课上学生们从操场上跑过，一个学生不小心从图钉上踩过，图钉刺进了鞋底，好在鞋底厚，学生没有受伤，只感觉被硌了一下。学生抬起脚、抠出图钉，"倒霉"，学生想着，狠狠地把图钉丢到地上，踩了几脚。

从此，图钉被钉在了操场上，风吹日晒，日月如梭。每天都有学生从这里走过，却没有人停下。

而那盒用来贴画报的图钉，在黑板上见识了许多优美的文章，被聚来的学生们的目光一次又一次扫过，尽管没有人留意，但图钉们深感自豪。

操场上的图钉渐渐锈了，成为操场上的污点。

扫落叶的叔叔见了，用铁锹把图钉起出来，和落叶一同扫出了校园。图钉所留下的，只是操场上的一个小洞。它不明白，自己做错了什么。

老师每天更换着画报，一直用这盒图钉。老师总赞叹，真是一盒优

质的图钉；还夸奖送图钉的同学，领了一盒耐用的图钉。但盒里究竟有多少枚图钉，又有谁计算过呢？

学生忘了，自己曾弄丢过一枚图钉。操场忘了，自己身上曾有过一枚图钉。那盒图钉也忘了，自己曾有一个同伴掉了出去，但操场上的图钉没忘。

它总是哭，但当泪水流下，也留下了一道锈痕。从此，图钉不再哭了，因为图钉知道它是优质的。除了自己，没人知道。

图钉和树叶一起被堆放在路边，面临被垃圾车清走的命运。

幸运的是，它被孩子发现了，孩子跑过来，捡起了图钉。孩子家里穷，和爷爷相依为命。他把图钉给爷爷看。

"铁的，能卖钱呢！"孩子笑着说。

爷爷的眼睛湿润了，摸摸孩子的脸，把图钉也放进了捡破烂的袋子。

这样，图钉和废铁一起被卖掉了，送进了熔炉。

温暖中，图钉笑了。

它做了一个梦，梦见自己变成了一个崭新的图钉，并将画报钉在黑板上，是那样熠熠生辉。

（写于 2014 年 5 月 9 日，发表于 2014 年 11 月 26 日《北京晚报》第 58 版）

# 一封退稿信

那一天，我收到了报社的来信，满心欢喜地以为又是我投的稿发表了的喜信，然而当我打开那封信，却发现，我错了。

自四年级起语文老师就总是夸奖我的作文，投稿也总能发表。渐渐地，我开始相信自己的作文是好的，是很好的，是最好的，是不需要修改的。这个想法像病毒一样在我的脑海中生根，占据了五年级时我的思想。然而，自负带给我的喜悦，被这一封信抹去了。

信很长，很委婉，却也很直白。信上说到了从用词到构思的种种问题。这与我之前听到的赞赏的话完全不同，没有一丝一毫的表扬，有的只是我的错误和结尾的鼓励。看完它，我的思想似乎有一瞬间不属于我，怎么可能？

良久，待我回过神来，心中充满了不满。我的这篇文章没有一丝可取之处吗？像是在赌气，我拿出那篇文章开始修改，按照信上所说的那样，直到改完最后一个字，我的不满竟云开雾散般地消失了。抬头看表，离收到信已过去了一个小时。

修改过的文章，像是穿上了得体的衣服，内容不再散乱，用词恰到好处，让我不相信这是我的文章。与修改后相比，之前的那篇简直杂乱无章。看罢多时，喜悦又一次拥抱了我。我知道，我还可以写得更好。欣喜之余，我又按信上所说，修改了其他的文章，终于理解"新诗千改始心安"的道理。

再一次的投稿，最终的发表，让我想起那封信。我开始庆幸那篇文

章的失败。如果那篇文章依然受到外行人的一味夸奖，恐怕我的文章将从此进步缓慢了。

若不是那封信，我恐怕今天还是自负的。感恩失败，感谢那封信。

（写于 2015 年 4 月 28 日，发表于 2015 年 5 月 15 日《北京日报》第 18 版）

# 翻开《红岩》

我翻开《红岩》这本厚厚的书，清楚地知道，这本书中，有许多年轻的生命在那个动荡的年代被葬送。这是一部用血写出的史诗。想到这些，手中的书越发沉重了。

现在这个和平年代，那样轰轰烈烈的革命战争渐渐离我们远去，先烈的墓碑上早已落满尘土。然而，我们手中捧的《红岩》正代表了我们这一代不会忘记先烈们的鲜血。

尽管我们不会经历他们所经历的事，但他们的精神令我们敬佩，值得我们学习。小萝卜头短暂的九年的生命中，近八年都是在渣滓洞中度过的。在监狱中出生的"监狱之花"还没有享受宝贵的生命，就在监狱被残忍地杀害了，而小萝卜头，在狱中很早就长大了，他比现在的孩子懂事很多。现在的一些孩子，无须劳心，只是等待父母的照顾。我想，这也是为什么要看这本书了。

书中，江姐受到的酷刑，革命同志所受的煎熬、侮辱自不必多说。可令我敬佩的是，他们在监狱里联欢，新年中，放风台上，狱友们做春联、唱歌、交换礼品，在诙谐中表达自己对敌人的轻蔑和对革命的乐观。他们相信"苦尽甘来"。有一副对联写得很好："歌乐山下悟道，渣滓洞中参禅"，革命先烈们在如此苦难的时期，仍享受着生活的乐趣。

"失败膏黄土，成功济苍生"，"愿以我血献后土，换得神州永太平"，更有叶挺的《囚歌》。他们坚持做对的事情，死亡早已构不成威

胁。国旗的鲜红永不褪色，因为它的颜色是用烈士们的鲜血染红的。尽管他们已经成为曾经，但他们留下的是一种伟大的精神，一个庄严的意义，一份不可推卸的责任。

合上书，抬起头望向窗外，那和谐的景象使我更加珍惜起来。我无法想象如果我生长在那样一个年代会如何，我只想对革命先烈们说一声：谢谢！

（写于2015年4月19日，发表于2015年6月3日《北京晚报》第46版）

# 虎皮鹦鹉"一唱一和"

周日清晨，见公园里人家鸟笼里一对绝美的鸟儿，心中无限羡慕，又恰好前几日正学了冯骥才的《珍珠鸟》，便有了一股养鸟的冲动。

当天下午，我那书房中便多了一挂鸟笼，笼里是一对虎皮鹦鹉。刚买来时，它们除了偶尔扭头向四周看看外，一动不动，像两个标本。

这对虎皮鹦鹉还是幼鸟，黄色喙的底部有些许黑色。那只被我取名为"爱新觉罗"的公鸟，蜡膜还是极浅的紫色，微胖的身躯加上柔软的绒毛，显得像个绒球。相比之下，名为"维多利亚"的小母鸟则是亭亭玉立的。除此之外，它们似乎没什么区别。绿色的羽毛在它们匀速的呼吸下微微起伏，那根最长的黑色尾羽也随之抖动。深夜，我来到笼旁，不觉一惊。爱新觉罗和维多利亚凑在一处，就那样紧紧地靠着，把头扭到背后，静静地睡着。月，洒下一缕幽光，为这对鸟儿投下小小的影子。

第二天，艳阳高照。待太阳升到淡蓝天空，它们便开始叫了。尽管那叫声算不上动听，却叫得十分热闹，一唱一和。

爱新觉罗低头咬咬维多利亚的尾羽，而当它叼起瓜子时，维多利亚又歪着头轻轻咬住瓜子，叼到自己嘴里，爱新觉罗也并未抢回，轻轻叫了几声，又低头吃起了罐里的鸟食。晚上，这双鸟儿又靠在一起，睡了。夜，那样美。

家养的鸟儿，像冯骥才写得那般亲人的，并不在多数。而大多数的鸟儿，与人的互动是很少的，或者说是几乎没有的，我家那对虎皮鹦鹉

也是这样的。

很不幸，那只小母鸟在来到我家一周后便病死了。此后，我对那只孤单的小公鸟便有一种难以言表的感情。但这只公鸟似乎对我还是一如既往的冷漠和警惕，就连我为它换食换水时，若不小心碰了它，它也会很紧张地张开喙，只要我再靠近，便准备啄我一下。然而，这又算得了什么呢？我怕的，不是它对我怎样，而是它像那小母鸟一样逝去……

（写于2015年3月23日，发表于2015年6月4日《北京晚报》第37版）

# 做一个快乐的人

我的理想很普通：做一个快乐的人。

每每与家长或朋友聊起理想和未来，我都持一种观点："快乐就行"。有的朋友说她要学医，将来当一名医生，也有的说她要去加拿大读书。而我则认为无论什么大学、什么地方、什么职业，只要能让我快活的一切正当行为，我都会去做。

有一篇文章阐述了这样一个观念：人生是多变的，有可能下一秒就不在人世了，不要舍不得，珍惜享受短暂的人生吧！文章说，以前他总是不舍得花钱旅游，不舍得很多事情，尽管这些事让他苦恼。后来他开始改变，拿出了放了很久都不舍得用的一块漂亮的贝壳形香皂，有人问他那么漂亮的香皂用了多可惜。他却说此时不用，还要留到什么时候用呢？

妈妈的一个同学，从小学习优异，上了重点高中，考上一流大学并被公派到国外深造，也有了高薪的工作，可惜才工作不久就患癌症去世了。妈妈和我都很惋惜：这样忙碌而短暂的一生，与平淡而快活的一生哪个更好呢？我想这样还不如快活并健康长寿更幸福些。

快乐的人较忧伤的人更长寿，谁不愿意长寿呢？我不敢说我每一天都是快乐的，但我的每一天都要向快乐努力。尽管我的理想是快乐，但我依然可以为了这个理想而做一个心理学家。想要成为心理学家不是因为这个职业高薪或高地位，而是因为这个职业的专业领域是我的兴趣，做感兴趣的事情是可以使自己快乐的。

我会为了实现快乐的理想而学习。以前我看不起分数，好坏又如何呢？"考试不过是老师与学生作对罢了。"这是《假如给我三天光明》中海伦的观点，她接受教育不就是为了快活吗？初二的语文老师告诉我，我可以不在乎成绩，但谁都图个开心，成绩好了不是家长和自己都开心吗？对呀，我们努力学习取得好的成绩不正是为了快乐吗？

的确，我们可以为了快乐做些什么，为了别人快乐做些什么。

（写于 2015 年 8 月 14 日，发表于 2015 年 9 月 6 日《北京日报》第 18 版）

# 初三不晚

　　阳台上，有一株植物，它像是一棵小小的树，却更像是灌木。我叫不上名字来，只知道它会长出绿色的、近乎于圆形的叶子。刚买来时，绿色中还有紫红色的几片，三片围一圈，中间开出三朵极小的白花，甚是漂亮！只可惜我几天没浇水，花就谢了。紫红色的叶子也落了，只剩了枯燥的绿。

　　这样的绿持续了几个月，我不是很喜欢单调的绿。不知为何，自从第一次花谢了，就再没长出过紫红的叶子，也再没开过花。于是，我不过两三天浇一次水，让它保持单调的绿色。

　　暑假，我去了西藏十几天，回来后发现，所有叶子都干枯卷曲，一碰就掉下来。当我摘下所有枯黄的叶子后，那株四十多厘米高的小灌木忽然显得沧桑起来，不足手指粗的小枝丫向上伸着，像一只枯干的手，极力想抓住什么，光秃秃的，没有一丝生机。秋风吹过，我意识到已经八月底了，而它连叶子还没长出，今年怕是开不成花了。已经晚了，太晚了……

　　尽管没有抱任何希望，但我仍每天给它浇水，但愿它能不再显得如此绝望，哪怕有一丝绿意也好。这样浇了三天，它没有任何变化，我渐渐想放弃它，还有短短一周就开学了，开学后我怕是更没有时间给它浇水了，它已经来不及开花了。

　　然而第四天，它开始吐出绿芽。我才发现那些毛茸茸的嫩芽如此可爱。不开花也罢，有这绿叶陪伴也是不错的选择，于是我继续浇下去。

就在开学返校的前一天早上，当我再次浇水时，却发现在几片拇指大小的绿叶中，有一小点儿紫色冒了出来。紫色的叶子，三片连在一起，构成一小团紫红色，像初生的婴儿一般，显得十分娇嫩可爱。但我想起，这已是九月入秋了。秋是植物的死神，有多少花草能熬过秋天呢？况且，春夏两季的美好时光，它都只是绿着，怎会偏在这即将凋谢之际开花呢？

之后的几天，那紫色的叶子渐渐长大，最初的那几片已经与曾经的一般大了。而那紫色的一团也愈加自信地疯狂生长，速度快得惊人，又陆续长出了新的一团团小叶子。我颇为惊喜，若不是亲眼所见，我绝不会相信。

五天后，期待已久的紫色叶子已经长得足够大了，它已经准备好了开花，因为那三片紫色叶子中，已经有了小小的花骨朵。如此娇小，竟令人怜悯起来。

开学后的第一个周末，它为我送上了第一朵小白花，中间的花蕊如此小，花又是这样娇小，很难想象它竟然在秋天开放。已经是秋天了，若是再不开放，冬天必定是开不了的，现在开花，还有整个秋天用来绽放，不晚，还有整个秋天！

开学了，初三了，尽管初一、初二的时光已经过去，我们还有整个初三用来绽放自己。若是现在再不开花，还等什么时候呢？不晚，现在还不晚，只要敢于尝试将自己绽放，一切的灿烂皆有可能！

（写于 2015 年 9 月 12 日，发表于 2015 年 9 月 18 日《北京日报》第 18 版）

# 在西藏"客串"一次老师

今年暑假，我第二次踏上雪域高原来到西藏，住在巴松措结巴村的一户老乡家中。他家的收入主要靠家庭旅馆和放猪放牛。这户人家有四个孩子，两个大一些的男孩对我们很热情，毫不怯生；两个女孩虽不如男孩那般，倒也与我们用不太流利的汉语交流。我们问他们最需要什么，女孩羞涩地告诉我们是笔。

笔是我们最不缺少的东西了，谁家没有几十支笔呢？无奈来时并未想到这一点，只带了两支笔用来写作业。尽管如此，我仍拿出一支，给了那个女孩。女孩笑了，脸上的高原红愈加可爱起来。从男孩嘴中，我们得知村中的小卖部有笔出售，便跟随他们来到了那个昏暗的小卖部。

那里只有铅笔和最普通的黑色签字笔，但这已是他们的向往。就在买完笔给他们时，我听到了朗朗的读书声，那声音如此近，如此清澈，如此稚嫩而愉快。不知为何，我们都急于找到声音的源头。把笔给了孩子们就快步走出小卖部，惊喜地发现就在小卖部旁，有一个屋子，那声音就是从那里传来的。

这是一个小院子，院子中还晒着些这里的农作物。有一个不到十平方米的小屋子，二十几个孩子正在跟着老师认读拼音。爸爸是北京的援藏记者，受同事委托正准备为一所学校捐款，于是走进隔壁屋中与驻村工作组组长攀谈。而我们则走到小教室中，看他们上课。屋子那么小，有几个孩子干脆坐在窗台上，他们的桌子上没有笔，也没有本，更没有书籍。他们的所有知识，都是老师在黑板上用短得可怜的粉笔头

写下的。老师正用一根柳藤指着黑板上的拼音，孩子们大声读着，那样愉快。

一会儿，老师放下手中作为教鞭的柳藤，准备走出教室，孩子们仍在座位上坐着，满脸兴奋和好奇地看着我们几个外来者。老师注意到我们，得知我们愿意教孩子们时，表示同意并把教鞭递给了我。

我走上讲台，拿起那一截若是在北京早被扔掉的粉笔头，在黑板上写下"中国""西藏"和"巴松措"，随后学着老师的样子教他们认读。孩子们很兴奋，大声地读着，有的甚至站了起来，用更大的声音读着"中国、中国……"之后，我又问起了简单的算术题，最前面的孩子掰着手指数起来，坐在窗台上的一个女孩用较低的声音第一个说出了答案。

我觉得也应该送些笔和本给这些孩子，于是又来到小卖部，买了一捆铅笔和藏语本、算数本。我将一根铅笔递给了第一个答对问题的小女孩，她笑了，连大眼睛都在笑，接过那支再普通不过的铅笔，紧紧地攥着。我又一次看到她的眼睛，那么亮，那么纯净，没有任何杂念，干净得正像巴松措的湖水，那样单纯的快乐……

我们将那些藏语本和算术本，连同笔一起给了老师，老师终于可以给孩子们发些奖品了。后来爸爸告诉我，这位年轻的女老师名叫央珍，是村里的民办教师。这个学校是一个学前班，大一点儿的孩子都去几十里外乡里的小学住校了。所以这个不到十平方米的学校是巴松措唯一的学校，而央珍老师也是巴松措唯一的教师。

这些孩子，正像是西藏的格桑花，开在高原的角落，坚强而美丽。

（写于 2015 年 8 月 13 日，发表于 2015 年 9 月 24 日《北京晚报》第 37 版）

# 蝉　蜕

　　生存岛的户外拓展活动，能给人们许多收获和感悟，像"团结的重要性""克服恐惧、战胜自己"诸如此类的道理。而我印象最深的，却是"除此之外"的收获。

　　休息时，我发现脚下竟有一只毛毛虫，正奋力地爬着。我蹲下来看着它，它爬得很快，可惜它太渺小，很久才爬了一小段距离。不知道它要爬多久才能到达目的地呢？我心中默默地为它加油："不用急，这样爬，总会爬到的。"

　　一个男生的发现吸引了我的注意。"这是蝉蜕吗？"他轻轻地从树上摘下了一个虫形的黄色外壳。这是一个蝉的形状物，每一条腿、身上的纹路，还有眼睛都分外清晰。我从不害怕昆虫，反而对其产生了强烈的好奇。抬头寻找，树上竟共有三个蝉蜕，但其余两个在较高的枝头。在同学的帮助下，我得到了这三个蝉蜕。

　　我第一次真正将蝉蜕捧在手中观察，它是那么薄，又那么脆，似乎随时会碎成粉尘，消失在草丛中，被世间淡忘。而我却发现了它们。想找个容器来装我这三个"宝贝"，恰好地上正躺着一个空的矿泉水瓶，我撕掉标签，将蝉蜕塞入瓶中，放进了书包。回程的途中，我又一次端详蝉蜕时，突然发现其中两个竟悬在了空中，仔细看，竟有两只蜘蛛在瓶中织起了网！原来这瓶子本是用来"关押"蜘蛛的，却被我拾到，装入了蝉蜕。

　　今天的收获，真的是"除此之外"啊！在拓展之外，看到了"励

志"的毛毛虫，还有瓶中的蝉蜕，它一直在树梢，可惜没有人留意，我放入瓶中，连带着蜘蛛一起，这真是意外的惊喜。

初三，是一段要爬行很久的艰辛的路，但我们要做的，不光是抵达终点，更要抬起头，享受路边的风景。

（写于2015年9月26日，发表于2015年10月16日《北京日报》第18版）

# 目 送

周日是姥姥的六十七岁生日，妈妈带着我，舅舅、舅妈带着小表弟回姥姥家来庆祝。吃罢午餐，妈妈和舅舅带着姥姥去买生日礼物，于是家里只剩下我、姥爷、舅妈和表弟。

他们都睡了，只有我在写作业。下午的寂静，突然被表弟的啼哭声打破了。几乎是与啼哭声同时，一串急促的脚步声由远及近，在门口停了下来。我以为姥爷要推门进来，可他并没有。这时，舅妈哄着表弟，一会儿他就又睡着了。而门外的脚步声，轻轻地远去了。

我走进姥爷的房间，他侧着身，似乎睡得很沉。我轻声蹲在床头，姥爷便睁开了眼。我问他刚才是不是出去了，他笑着说没有，可他眼角的鱼尾纹却揭穿了他的谎言。我也笑了："真的？"姥爷说："我刚才走到门那儿，听到他不哭了，我就回来了。"我站起身，姥爷还在微笑，两条鱼尾纹在眼角绽开。

晚上，表弟他们要回自己家了。我和姥爷、妈妈一起下楼送他们。下午陪着表弟玩得很开心，他想让我跟他一起回家，半个屁股坐在车里，一条腿还在车外，拉着我的手说："姐姐也走，上车。"我们被小表弟的样子逗笑了，妈妈逗他："那让不让爷爷跟你走啊？"他犹豫了一下，说："爷爷不走，姐姐走。"我看了一眼姥爷，姥爷依然笑着。

车开了，白色的车在夜色中渐渐远去，拐了弯儿，不见了。可姥爷还在望着，良久才转过身。在昏暗的路灯下，不知是不是我看错了，姥爷没有笑，眼中似乎有些湿润。"哭了？"我开玩笑地问着。姥爷默默

地答道："没有。"我看着姥爷背着手上楼去了，留给我他的背影，我心中莫名的一阵酸楚。

童年时期的我，似乎总是在姥爷背上。只要我一喊累，姥爷就会默默地蹲下，让我趴到他背上。小时候，我挑食，只要我点名要吃的东西，即使烈日炎炎的夏天，姥爷也会走遍附近的每一家商场，只为买到我爱吃的东西。从小到大，每一次回家，姥爷都会早早地站在地铁出口远远地张望。

姥爷的目送，淡淡无言，却蕴含着一种幸福。我只希望：这样的幸福更久一些。

（写于 2015 年 10 月 18 日，发表于 2015 年 10 月 23 日《北京日报》第 18 版）

# 最后一颗柿子

春末，校园里寂静的一角那几株柿子树，似乎又高了些，就连偶尔路过的学生也懒得抬头望了。那树上的柿子小小的，颇像襁褓里的婴儿，四瓣绿衣包裹下，那"青涩"的样子真是惹人怜爱呢。

整整一个夏天，柿子们都在"个顶个""攒着劲"地往胖里长。每每路过树下，我总要盯着这些"柿儿"们痴痴地望上一会儿。看着它们的成长，心里竟有说不出的欣慰。

丰收季节的秋到了。树上，柿子们的"脸色"终于成了漂亮的橙红，给那寂静的角落增添了一抹跳跃的生机，浓浓的喜庆的颜色压满枝头。

可秋毕竟还是无情的。秋风带走了一片又一片的叶，吹落了那一盏盏盈人的"灯"，它们笨重地摔在了学生们往日爱走的那条石路上，留下的只是一个个血色的"污点"。那还是当初挂在枝头惹人怜爱的柿子吗？

每一天都有不幸的柿子掉下来，砸在总也清扫不干净的石板路上，直到树上只剩下树顶那个略显发育不全的小柿子。

在只有树枝的树上，这颗硕果仅存的小柿子显得无比孤傲，居高临下地看着地上碎成泥的兄弟们，不知道是在为砸下去的柿子们伤心，还是为自己活到了最后而骄傲？

秋末冬初，鸟儿早已南飞，叶子早已被扫走，腐烂的柿子也已经被清除，那条石路上，走过的学生也少了。在第一缕冬日的阳光下，这棵光秃秃的树显得有几分凄凉。不，这怎么能叫光秃秃呢？明明还有那最

后一颗柿子，孤孤单单独自悬挂在树顶那最高的枝头。尽管显得冷清得很，可它却禁住了秋风秋雨，在这秋末冬初的早晨，更显得坚定起来。

雪地里，裹得如粽子般的学生们在树下抬头望着树梢顶上那最后一颗柿子，指手画脚，说："它红得就像团火，真漂亮，没准这柿子能坚持到明年初春呢！"可它最终还是掉了下去……

不是因为耐不住寒冷，只是因为耐不住寂寞。

（写于 2014 年 12 月 15 日，发表于 2015 年 12 月 4 日《北京日报》第 18 版）

# 我与二胡有个约定

　　《二泉映月》那凄美的琴声又在耳畔响起，勾起了我与二胡的回忆。我们约定好，总有一天，我们要成为知己，走进彼此的世界。

　　清晨，当第一缕晨光射入窗内，我便端坐在窗边，在鸟鸣声中缓缓拉出第一个音符。它调皮地从指缝中蹦出来，跳离了自己本该在的位置。手指向下挪动，又是一个音符，可这次声音又低了。手中的二胡愈加不听指挥，唱着一首滑稽的曲子，像是忘记了我们的约定。但看着手中它那雅致的琴身，我坚信这只是我们赴约的第一步，我们谁也不会爽约的。

　　时光如水，日子一天天过去，我学着去驾驭它，它也努力地在配合我。每每想到放弃，我与它的约定都会在耳畔响起，告诉我要坚持下去。

　　当一次次的失败搅得我心神不宁时，手腕就变得愈加僵硬，烦躁充满了我的内心。深呼吸，想到将来某天，我能同它倾诉烦恼，让琴声抚慰心灵，此刻的疲惫又算得了什么呢？投入乏味的练习，心却明朗起来，不在乎琴弦割痛手指，滑动琴弦，为指尖的疼痛皱一皱眉，又舒展开了。抖抖手腕，又继续了。直到最后一个音戛然而止，看着手指上暗红色的凹痕，微微一笑。为了我们的约定，我在努力了，相信总有一天，它会伴我如知己，无话不谈。

　　又是一日傍晚，暮色之中，我怀抱胡琴，幽幽月光映照着我微笑的面庞，再次奏响那熟悉的旋律。突然发现自己已无须刻意关注双手的动

作，手指上下滑动，仿佛已随心而动。音符似如水月光洒落，我闭上眼，聆听此刻内心的声音，琴声与心声同步，此刻我已沉醉，沉浸在琴声中，忘了世界，也忘了自己。朦胧之中意识到，原来我们已实现了约定。

一曲终了，那琴声还回荡在耳畔，而此刻的我与二胡，已经进入了彼此的世界，履行了我们的约定。

（写于2016年4月23日，发表于2016年4月29日《北京日报》第18版）

# 在胡同遇见你

南锣鼓巷，熙熙攘攘的人群。

举着伞的游客们拎着满手的购物袋，忙不迭地吃小吃。难道这就是他们眼中"老北京"的缩影吗？真正的"老北京"在哪儿呢？它还在吗？

我烦躁地从人群中挤过，在淅淅沥沥的雨中，独撑一把伞，绕过了那条热闹的街。不知走了多久，抬头望时，眼前的景象让我不由站定了。密密的雨丝中，展现出一幅如老照片般的画面。只是雨中没有了下象棋的老人、跑来跑去做游戏的孩子们和叫卖糖葫芦的声音。这是一条静谧的胡同，昏暗的天空下，两边的四合院整齐地排列着。在路边，几棵粗壮的老槐树从灰白的院墙中探出身来，孤傲地在雨中站着，像年老的战士，在坚守着自己最后的家园，使画面显出几分凄凉。院外随意地停了几辆车，多少也为这条胡同添了几分生活的气息，不那么死气沉沉了。一个身披雨衣的人骑着自行车在巷中穿过，车轮在地上划过一条水线，又远去了。自行车那"咔嗒咔嗒"的车链声也渐渐消失在雨中，一切又恢复了宁静。

我久久地凝视着眼前的景象，心也平静下来。漫步在这条不知名的胡同中，轻抚人家门前在雨中褪了墨的楹联，旧了的"福"字还在门上倒挂着，逝去了朱砂般的红，雨滴聚在残破的屋瓦下，又重重地跌碎在地上。这条胡同的故事，怕是只有那老槐树才得以知晓了。树和胡同一起存在，一起老去，也终将一起逝去了吧。胡同在老去，因为它没有跟

上时代的步伐，它没有像南锣鼓巷那样变化，而是固守了最初的模样，仿佛早已被时光遗忘在某个遥远的角落里。

原来，还有胡同没有在这经济的浪潮中被商业化，还有一块没有被喧闹浸染的角落。我感到我是幸运的，因为在飞速发展的时代里，旧的东西总会被改变，成为另一种更时尚、融入了更多元素的新的东西。其实，胡同本都是宁静的，南锣鼓巷也一样，喧闹的只是我们自己。

遇见本身，也是一种美好。

（写于2016年5月17日，发表于2016年5月27日《北京日报》第18版）

# 一道风景线

　　清晨，我在鸟鸣声中背起日益沉重的书包，走在去地铁的路上，在嘈杂的人群中挤上去往学校的地铁，手中捧着那本《海底两万里》。

　　寻找一个僻静些的角落，捧起书，在喧嚣中，渐渐找回了内心的宁静，遗忘了车厢里玩闹的孩童、谈笑着的情侣，也忽视了那些沉溺于智能手机和虚拟网络世界的人们。我独捧一本书，陶醉在凡尔纳笔下那神奇的海洋中。在车厢里低着头、插着耳机的人们中，我沉浸于文学世界的身影，就是一道独特的风景。

　　阅读凡尔纳的作品时，我仿佛置身海底——那片神秘的、静谧的、古老的海底。我看见鹦鹉螺号从我面前驶过，看见尼摩船长在桌上奋笔疾书，看见阿龙纳斯博士在对科研的热情中，怀着对海洋敬畏的心，丰富他本已十分渊博的头脑。而康塞尔还在认真地将鱼儿们分着类，不断学习和运用着知识。我迫不及待地读着，像他们那样，贪婪地汲取知识。在人们因娱乐节目而发笑时，我则心满意足地在书本中学习着。我求知的身影，就是一道美丽的风景。

　　在书中，我认识了正义的船长、忠实的康塞尔、性情火爆的加拿大人和知识渊博的博士。船长送金子给岸上勇敢斗争的人的举动和面对困难时沉着冷静的样子，给我留下了深刻的印象。合上书本，我将变得像船长一样勇敢，在那些热衷于肥皂剧的人中，我不断进步，完善自己的

举动，就是一道美丽的风景。

愿在将来，这种风景将代替那些与手机度日的人们，遍布社会。

（写于 2016 年 5 月 21 日，发表于 2016 年 7 月 15 日《北京日报》第 18 版）

# 诠释"震撼"

　　探班大型歌剧《长征》，作为一个不是很会欣赏歌剧的中学生，我仍能感受到《长征》主创者意在当下弘扬民族精神的决心与努力。该剧用极高的艺术创造力倾力描绘和歌颂了长征精神，从军时亲人分离的痛苦、红军战士们的求胜愿望、战友间超越生命的真挚情感以及人民群众对红军的支持与热爱……歌剧充分展现了团结、坚毅和为伟大理想而奋斗的长征精神。

　　我最喜欢的一段音乐是最开头的部分。演员们上场之前的一段音乐所营造的气场，让观众自然而然地安静下来，那种在管弦乐器幽幽的音乐声中，渐渐进入革命主题的旋律，没有夸张的抒情，反倒显得十分自然而曼妙动听。在此后的其他几幕之间，不同的音乐主题不断地推动着剧情的流畅发展，作为一部歌剧，该剧在音乐衔接上可谓一气呵成。

　　在歌剧中，每一个主题都清晰明了地展现出来，每一句台词都紧紧围绕着主题，或是抒情的自白，或是慷慨激昂的歌声，在灯光和舞美的衬托下很好地诠释了什么是"震撼"。我个人以为，每个人物的刻画都是那种广为人知的形象，如渴望保家卫国、一腔热血的士兵，关爱下属、以大局为重的首长。其中，洪大夫最初与爱人分离时深情道别的情景演绎得十分真实而感人。再比如，红军过草地时为了活下去而吃皮带、皮包，杀马充饥的场景，又怎是"震撼"二字能表达我的感受？歌剧所要强调的就是这种早已深入人心的、最经典的，同时又是最伟大的精神。我们都很清楚，歌剧中的一些情景绝不仅仅是情景，而是发生在

八十年前的活生生的事实。

　　在一些情节的细节安排中，我们能够明确地感受到导演的良苦用心，不过也有些情节和台词过于直白，显得有些简单、生硬。对于初次接触歌剧的我，略微觉得这样的表达方式不够含蓄和深刻。但这种简单直接又不乏震撼的表达方式，恰恰适合青少年理解和接受。我认为歌剧《长征》是非常难得的对青少年进行革命教育的剧目。

　　　　（写于 2016 年 7 月 4 日，发表于 2016 年 7 月 22 日《北京日报》第 18 版）

# 回　家

　　机场上，整齐地站着一排排军人，他们在静静地等待着去南苏丹维和的战友回来，等着他们回家。

　　七个月前，李磊、杨树朋、吴乐和姚道祥等维和战士，有说有笑地离开祖国。而李磊和杨树朋的生命却永远停在了 2016 年 7 月 10 日，一颗从天而降的炮弹夺去了他们年轻的生命。7 月 20 日，大家以最不愿的方式接他们回国。

　　飞机缓缓地开进机场，国歌响起，一队军医整齐地跑上前去。他们抬着担架、推着轮椅，去迎接在炮弹中幸存下来的吴乐和姚道祥。吴乐在军医的搀扶下走出机舱，坐在轮椅上向大家敬礼，与家人拥抱。姚道祥则躺在担架上，在所有人的注视下上了救护车，缓缓离开了。

　　此刻的机场，静得压抑。只有杨树朋的母亲，早已哭倒在轮椅上。她该有多希望，儿子能像吴乐和姚道祥那样从飞机上下来，和她拥抱，向她敬礼，冲她微笑。她却连再同儿子说一句话的机会都没有了。平时最寻常的一举一动，如今却成了最大的奢望。儿子照片上的笑颜，如今却只能在梦中绽放。

　　一队礼兵跑上前去，而这一次他们去迎接的是两台灵柩。

　　五星红旗包裹着杨树朋和李磊的灵柩。杨树朋不到六岁的儿子安静地看着，他大概还太小，不明白牺牲是什么，维和是什么，不知道为什么这么多人来接他的爸爸。但他长大后就会理解，爸爸曾经约定好带他去看大海，而今为何失约了。家里买好了帐篷，爸爸为何没有

和他在帐篷里一起玩耍，就独自躺进了灵柩，永远地睡了。

孩子曾说过，他想要当兵，因为当兵就可以像爸爸一样开装甲车，而他还远不能理解当兵的使命、肩负的责任和随时牺牲的危险。

军乐团奏响了悲壮的音乐，从电视里传出来，在北京的暴雨声中，多了一分凄凉。杨树朋的儿子由妈妈领着，缓缓走上前去，接过那对于他来说太过沉重的遗照，捧在胸前。他摇摇晃晃地迈着那本不该属于他的生硬而沉重的步伐。

是什么让大人们都在哭泣，让他停下了一蹦一跳欢快的步伐，让他的奶奶痛断肝肠？究竟是什么？

不知道为什么，我哭了。或许不仅仅因为被维和战士的英勇牺牲而感动，也不仅仅因为那深情的演讲，而是因杨树朋母亲的哭泣，那种最朴实的、生离死别的悲伤。

杨树朋的儿子想当兵，他的爷爷奶奶说，他们会像支持儿子一样支持孙子。杨树朋也曾经写过这样一段话："我在杨根思连当了十多年的炮手，把我的青春年华都献给了这里，将来有一天我退伍了，我也要把我的儿子送到部队当炮手。"也许，伟大的并不仅仅是维和战士，更是他们的家人。每一个伟大的战士身后都会站着支持他的伟大的父母。

和平年代，怎料得仍会因战争而白发人送黑发人？还有什么天灾，能比战争更恐怖？还有什么样的天堂，能比得上和平？看看南苏丹，便会发现，生活在中国的我们，是多么幸运和幸福。

（写于 2016 年 7 月 20 日，发表于 2016 年 7 月 22 日《北京日报》第 18 版）

# 莫斯科郊外的清晨

清晨，莫斯科郊外。

从酒店 27 层眺望。远处，蒙蒙雾中深绿色的树林，占据了整整一半的视野。树林中一片如镜般的小湖，隐约映了几片雾中的云彩，偶有几座高高的楼，恍惚已融于雾中；近些，红白、蓝白条纹的小屋，如马戏团般隐在湖边的小树林里，一个个红顶的、锥形的小屋只羞涩地露出了精美的顶，藏在树后。大些的，是绿色的六棱锥形屋顶，每条棱上镶着金色，配上金色的尖顶，立在洁白的两三层或是四五层的楼上。

我简直无法用语言来一一描述它们：精美、华丽、玲珑、庄重、巧夺天工……再漂亮的辞藻都不够形容它们的美丽。有个词叫"冥想之美"，说的是每个人审美不同，随便一个人闭上眼，在脑中想象童话世界最美丽的建筑，那么这莫斯科近郊的建筑就是这样的。

五点多，莫斯科的风还带些寒意。信步走到楼下，几位老人正安详地坐在喷泉旁的公园长椅上，偶尔轻轻交谈。莫斯科街头的花多，不论大小商店，几乎都有小花池，种着白色的、牵牛花似的小花，还有黄色、紫色等我从没见过的花。偶尔邂逅一只鸽子，轻盈地在草坪上漫步。我悄悄跟在它后面，它不用回头也发现了我的存在，不过它只是向前走，等我快要跟上它时，就疾走几步，接着，又像什么都没发生一样继续走着，安然，悠哉。忽然，眼前的一切都亮了，是太阳在雾中朦胧着，闪耀着金色的光芒。雾渐渐消散了，露出了天空，从头顶的蓝渐变到眼前的淡蓝，再到与树林交界的淡得发白的浅蓝。那唯美的渐变，好

像是天上的水，从穹顶冲刷，冲淡了天空的颜色，最终流进了面前的小湖。

我想，所谓快乐似乎并没有什么定义，也许是一花一草，或许是一片天空一朵云彩，触动了内心，快乐便来了。如此简单就得到了愉悦。

我只想一直走，一直走进树林里，走进这片仙境，并与它融为一体。我永不会忘记它带给我的闲适和惬意，这是莫斯科夏日的一个普通清晨。

（写于2016年7月29日，发表于2016年8月5日《北京日报》第18版）

# 依然白雪阳春

老宣武的街，无轨电车在身边驶过，几棵树中闪过一面影壁墙，亮着红字：北京湖广会馆。

四合院式的格局，门口停了辆老式的三轮车，能载人的那种，不知是否有意而为。外间的院里几只鸟儿在笼里叫着，人不多，灯也不亮。昏暗中一块写了"茶楼"的匾挂在那标致的垂花门上，这东跨院，在几声鸟鸣和微微的似有似无的月光下，美成了一种意境。

西跨院的戏楼里，早已都是人了，台子正中挂有"湖广会馆"的匾额。据说，清嘉庆的时候这原本挂的是"霓裳同咏"的匾，如今台后挂了"德云社"的招牌。两侧的对联未改，上写"魏阙共朝宗，气象万千，宛在洞庭云梦；康衢偕舞蹈，宫商一片，依然白雪阳春"。虽不大明白这副对联的意思，但单是看上一眼这对联挂在两层看台上就足够让人欣喜敬畏一番了。小小一个戏楼，玲珑剔透并金碧辉煌，显出些王府的风范。这台上，不仅说相声，还演着京剧。想象百年前梅兰芳的演出，肯定是别有一番韵味。

这时，台上幕帘一掀，走出两位穿长褂的相声演员。没有开场白，没有主持人，两个人两张嘴，相声就开始了。台上的人都不是名角，那又何妨呢？在戏楼里不时爆出的笑声和掌声中，再不能更开心了。上面的人说说唱唱，再比画上两下子，台下的人哪，似乎在这里，才真正脱去了腼腆的一层外衣，旁若无人地大笑。世界变得简单了，在这里，才真正有北京的感觉了，京剧和相声也许不如流行歌曲和电视剧流传广

泛，但它们在这里活着，在笑声和掌声中活着。

　　夜里十点多了，湖广会馆仍静静地坐落在虎坊桥的路口，听掌声在里面响着，一直响了 176 年。

　　（写于 2016 年 10 月 7 日，发表于 2016 年 10 月 21 日《北京日报》第 18 版）

# 北漂并不陌生

老师留了一项作业：采访一位校园里的劳动者。

我的采访对象是那位年轻还带些羞涩的保安。他比我大不了几岁，但明显很成熟：对于所有提出的问题，他都在背履历。遇到关键问题就两种答复，一是"这是隐私"，二是"这个你们不需要知道吧"。

中午的采访让我知道了，他出生在河南周口市一个偏僻的地方，父母种着麦子和玉米，他在一个小村庄里度过了少年时代。17 岁那年，他去了上海，做过服务员，也在后厨做过菜。而后他来到北京，无意中看到保安公司的招聘广告，继而便来到这里，在首都师范大学附属中学的校园里，与我们相遇……

我们相约他下班后通过微信采访。他是一个守约、有礼貌的人，当天，他回到宿舍后对我说了句：晚上好。而后，我问他答的采访模式变成了双方的互相沟通。那天，他问我是不是小记者，我告诉他，我是学校记者团的，只是这次采访不是记者团的任务，另外我在记者团里，主要负责摄影。他说："好吧，小记者同志，其实我也喜欢摄影。"他告诉我，这是他第一次用带有照相功能的手机，喜欢摄影，也是因为几年前接触过一次。他兴致勃勃地发给我他拍的照片，说："嘿嘿，炫耀一下我拍的照片，请指导。"我告诉他其实我不是特别懂，主要是我爸爸在电视台工作，所以才喜欢摄影。他很惊讶地说："出生在一个好家庭诶！真有福气！"

后来，我问他，如果有机会，想不想去念大学，他说他不仅要上大

学，而且还要上得更高。他最想当老师，外语老师。可是从没接触过，家乡的学校到初二才学英语，一学期换三四个老师，能学到个别词语就不错了，再加上英语课老是用来做别的事情，所以几乎没有学到什么，也没有再去读高中，就离开了家乡。平时在宿舍里，他会买几本书来读，最喜欢《摆渡人》和《从你的全世界路过》。还会思考在未来的日子里，自己应该如何前进。

他说，首都是他梦想中的地方。但有时晚上会很想家。毕竟离开家那么久，一年只能回去一次，甚至有时除夕夜里也要回来加班。父母肯定是希望他留在家乡的。但他不愿就这样回去，希望能够在外边有所作为，带着成就凯旋。于是，就这样，一个人，在陌生的城市里，固守着一个信念，期待着成功的那一天。

微信采访结束，他说："就算交了你这样一个朋友吧，和你聊天很开心，晚安。"

我得承认：这次采访展现了我完全不了解的生活方式——北漂。在我的印象里，这个词只出现在新闻里。那个似乎常常被提起，而对于我们又是完全陌生的一类人，居然就在我们身边……

采访结束，我再读了《平凡的世界》。读到孙少平外出打工前的内心斗争，书上写道："少平老是觉得远方有一种东西在向他召唤，他不间断做着远行的梦……他渴望独立地寻找自己的生活啊！不论在任何时代，只有年轻的血液才会如此沸腾和激荡，每个人都不同程度有过自己的青春梦想和冲动，不妨让他去吧……"

这位保安，或许他也正像孙少平一样吧。也许每一个北漂的年轻人都是怀着这样的想法来到这里的吧。

我渐渐地，渐渐地意识到，其实他同我们一样，不过也是个孩子，一个早早离开家乡，带着梦想和憧憬外出打拼的孩子。

（写于 2016 年 12 月 16 日，发表于 2017 年 1 月 6 日《北京日报》第 18 版）

# 随性旅行

车，驶在京承高速上，渐渐地远离城市，远离喧嚣，远离了日程安排的条条框框。

微开的车窗外，传来呼呼的风声。远远的，前方偶有一两辆车在略显阴郁却又不失清爽的天空下飞驰着驶向高速的尽头。车内，爸妈在轻声闲谈，而我则斜躺在后座，看着窗外一排排向身后迅速掠去的树，惬意。就这样在时速110公里的车上，三个人，一辆车，开往一个向往已久而未曾去过的地方。驶向憧憬着却又是未知的雾灵山，创造着自己的喜悦。

两小时后，抵达雾灵山庄。未曾做好在那里住宿的打算，只是路边忽地闪过雾灵山庄的路标，于是就这样无意地抵达——雾灵山庄。

那是一个度假村，旅馆几乎住满了，但在这样的山庄里，仍显得空旷、宁静。我们漫无目的地在山庄里走着。五六只鸟儿从头顶盘旋着飞过，折返回来，又向山边飞去。它们的身影渐渐地变小、变小，最终消失在山庄里那片安静的湖面上的层层的雾里。旅游的日子，像这样，打破了两点一线的生活，没有戴手表，没有上课的铃声，也没有旅行团十五分钟一站的行程安排，只是随性地、自由地走着。在这个没有规划的日子里，放下一切，只有头顶鸟儿的叫声，远去、远去……

在旅店旁的活动介绍上，看到湖上快艇的广告，于是就这样临时决定去乘快艇。从旅店到湖边，不过一公里的路程，我们却走了一个小时，或许更久。路边，大片的花儿上停着几百只枯叶蝶，安静而闲适地

在花上落着，轻轻扇着翅膀。它们离我们那样近，伸手便可以摸到。它们并不着急走，直到指尖几乎要碰到翅膀上那精致的花纹时，它们才稍稍飞起，向更远的一朵花儿飞去。向花海上的蝶挥手，便忽地腾起一片。左手边是如镜般的湖，右手边是腾起的群蝶，前边是爸妈悠闲地走着，忘了时间，忘了目的地，忘了一切。拍照时说"茄子"或者"拍照"，爸爸的手机就会声控自动按下快门。当爸爸还在对焦时，我和妈妈便故意在一边喊"拍照"，于是爸爸就一脸无奈地转过头来笑着。就这样笑着、拍着、闹着，快艇就出现在眼前了。

到了湖边，雾显得更浓了。雾灵山，满眼茫茫一片白色，秋风带来湖面上湿润的水汽，夹着一丝微微的寒意。一座座山隐在雾中，在雾里，似乎是没有尽头，像苍茫的大海，远处尽是未知。但正是因为未知，你大可相信，那雾中满都是山了。你可以想象，那处有或者没有树，那远方有或是没有山。你若说那雾后有个小庙，那它就是了。若偏说那边有座城堡，那也未尝不可。毕竟，眼前尽是雾了。那雾里，或许因为阴天，阳光来不及把厚厚的云层穿透，一切都融入、消失在与天交界的、乳白色的尽头。让人有种冲动，想要爬上那高高的山，去看一看那乳白色的世界。

我坐在了快艇的第一排，船开了，像是根本没有加速的过程，直接以极飞快的速度在水上驶着。风拍在脸颊上，船忽左忽右猛地倾着，溅起牛奶似的水花。妈妈在身后惊奇地叫着，开船的师傅似乎是听到了妈妈的叫声，更快而猛地向雾中茫茫的湖面上驶去。十分钟后，我们又回到了码头。畅快！深深地呼吸，就是这样似乎无端地感到畅快。或许是因为速度，因为水花？或是因为那湿润的秋风？无所谓原因，只是无比舒畅，这大概就是旅行的心情。

天悄悄地黑了下来，在雾灵山山脚下的旅店里，久久不能入睡。愉悦，就是忍不住想要笑吧，快乐就这样涌上来，无法抑制的。这一天，我终于脱离了行程表或是课程表上的生活，一切随心，一切随性。旅行中总充满了未知，像雾一样，若是一切都明了于眼前，倒也无趣，我期

待着第二天的旅行。

　　或许人生便是这样在期待和未知中不知不觉地走向尽头。有时我在想，至于人生的意义，大概就是我不知道明天会发生什么，并且我期待着，神秘、未知、自由，才是我所向往的人生吧。

　　（写于 2016 年 12 月 27 日，发表于 2017 年 2 月 3 日《北京日报》第 18 版）

# 真正的懂

读龙应台，读到书页褶皱，读到夕阳西下又升起。我在内心深处，触碰她的灵魂。

如果再有人问我，怎样能写好一篇作文，我会告诉他，去看龙应台的书，从最深情的文字里感受深情。

我觉得，如果龙应台有一部好的相机，会最简单的操作，她一定能成为最一流的摄影师。因为我在读，但我已经看见了，看见那条小巷，看见那教堂顶的金星，看见了那个影子，看见了她。

我看见她，携着母亲的手，慢慢、慢慢地走；我看见她望着安德烈的背影，欲追，却又止步；我看见她，坐在人群中央，在闪光灯与人们夸张的动作和质疑中抬起头，她的目光落在远方，身旁喧闹的人们像黑白电影中的慢动作，慢慢地起，慢慢地落。

我想握住她的手，感受她的温暖和力量，握住她手上岁月的痕迹，感受她的幸福，还有深深的、令人窒息的无奈和伤痛。

我渐渐地体会到，不论画家、音乐家、摄影师，还是作家，他们都绝不仅仅掌握一门技术。他们经历，他们看见，他们用这门技术记录最深沉的痛苦、无奈、绝望、孤独，还有快乐。我们听见、看见、感受到他们，感受到他们所感受到的。其实，一个好的读者和一个好的作家之间或许只差一门技术、一段经历。

在中考前的作文课上，我们摘抄，我们背诵，我们探讨最受老师欢迎的教材，我们使用华丽的辞藻，用排比和拟人抒写并不感动的感动，

呻吟并不痛苦的痛苦，我们阅读一篇又一篇的范文，但我们常看不到作者。而在龙应台的一句话里，我看到海一般的、无尽的深渊。但是，谁会在中考前的作文课上，拿出一本她的书，而不是强调点题、结构和选材呢？

能够答对所有阅读题的人，不一定是能看懂每一篇文章的人。真正的懂，不是阅卷老师手里三行字的标准答案，而是在某年某天，独自走在人生的道路上，忽然想起那句话，那篇文章，那本书……懂得的不是那种表现的手法，不是那个词不能用另一个词替换，不是作者描写冬天的夜有什么用意，而是那种心情，那种经历，那种心灵的共鸣，无以言表……

（写于2017年3月4日，发表于2017年3月10日《北京日报》第18版）

# 那时不懂珍惜

时光便是这般无声无息地悄然逝去，在匆匆的今日，停下来，回首望向远处那已经成为历史的风景，追忆过去的点点滴滴，道一句："可惜，那时不懂珍惜。"

幼时的我，是何等无忧无虑呀！闭上眼追忆，仿佛又看到那时的我踮起脚尖，从书柜上取下那本读了几十遍的《美猴王》，趴在姥爷腿上，要他念给我听。听着听着，便又忘记了以前的情节，倒也无妨，只是专心致志地盯着那幅插图，想象着自己便是那美猴王，住在花果山上。想着想着竟睡着了，醒来后，又丢下美猴王，跑到公园里玩去了。童年的记忆，早已成了碎片，但无论捡起哪一片，都会映出最美好的回忆，尽管那时还不懂得珍惜。

那时的我，还享受更多的一份爱。姥爷的妈妈，我叫她"太太"。"太太"喜欢小孩儿，总喜欢让我陪着她，无论干什么都好。我嫌她屋里无趣，老是不愿久留。而下一次回家，却又总能迎上那欢喜的笑脸，皱纹中道不尽的喜悦，说句"俏俏来啦！"便是最幸福的表达。而那晚，夜色如墨，我静静地看着那冰冷的木匣，竟觉不出悲伤，只知道，世上又少了一个爱我的人。良久，才渐渐觉出了差异。望着那安静得令人窒息的房间，一句"俏俏来啦！"却成了最大的奢望，潸然泪下，怎奈，那时却不曾珍惜。

小学时，那个锈迹斑斑的双杠，成了我的整个世界。和同学们在杠上"疯"，翻、跃，我们总有玩不尽的花招儿，总有新的创意。双杠成

了我们永远玩不腻的游戏。看着手上的茧子，心中竟有说不尽的自豪。如今，手上的茧早已退去。追忆过去杠上的故事，至今依然历历在目，只是对双杠的热情，永远地退去了。那份热情，只属于那时的我，独一无二，不复存在了。多希望那时，能珍惜这份热情！

（写于 2016 年 4 月 1 日，发表于 2017 年 3 月 31 日《北京日报》第 18 版）

# 张掖路上

七点，置身于兰州市的街道上。五点多起床使整个早上都显得朦胧。恍惚中在早餐的叫卖声和煎蛋油腻的香味中搭动车前往张掖，于是游学的第二天，就这样开始了。

动车很快驶出城区，窗外的小城景象逐渐被荒芜的戈壁所代替。视野里满是黄色的土地和随意生长在上面的棕色的植物。树木、丘壑、山峦……一切都是最自然的形态。那里，我几乎忘记了人类文明的存在，只是偶有几根天线杆塔从窗外闪过，在茫茫戈壁中显得格外渺小，拉线分割了眼前的画面。一小时后，我们路过了祁连山脉，当同学们感叹着山顶上的积雪时，几栋极小的红黄色的房屋出现在连绵雪山下，在棕黄色的戈壁上无比醒目。红色的屋顶和黄色的墙壁，给初春单调的戈壁上带来一抹活泼的喜悦。它们站在那里，四周只有无尽的戈壁，它们为什么在这里，它们的主人是谁，他们又来自哪里……我来不及思考，它们便迅速地消失在身后的远方了。

不知不觉中已抵达，张掖的车站静得出奇，暗蓝的天空下风微微地吹着。我们排着队在站台上走着，六十多个蓝色的、绿色的、粉色的、银色的旅行箱映在身旁的玻璃墙上，六十多个活泼的蓝白色的身影在它们旁边跳跃着闪过。有一种说不出的美好，默默地发生在了甘肃省那个小小的车站旁……

张掖的路上，少有行人。连身边偶尔驶过的汽车，都像是无所谓的匆匆走个过场。我习惯了北京的熙熙攘攘，却觉得这样的静，有时才是

我想要的。

大巴车上，导游讲述着千年前在我们脚下的同一块土地上曾经的辉煌。马可·波罗也曾流连于此，而今它却如此安静了，像中国千百个小小城镇一样，沉淀的历史沉默了。

我望着窗外的水泥路出神，想象曾经在这条路上行走的人，路旁的建筑，还有它的故事。张咏晴忽然说，她觉得应该保留一个地方，人们像元朝人那样着装，店铺保留当初的模样，过着那样的生活，也许很多人都会来体验。

我说，那样或许张掖也注定会被商业化、娱乐化。像南锣鼓巷，像景德镇，或者其他浸润于时代浪潮中的城市一样，传统文化也许会沦为营利的资本。但不管怎样，我们正驶在这片有故事的土地上，走在去大佛寺的路上。总会有人像我们一样，迫切地想要聆听它的故事。

大佛寺里游人依然稀少，几炷香安静地燃烧着，不知何处传来了钟声。在隐约的钟声里，行走在柳荫下，看着寺门前"睡佛长睡睡千年长睡不醒，问者永问问百世永问不明"的对联，忽然平静，似乎感受到了什么，懂了什么，却也说不清楚，不过这样也足够了。

吃过午饭，便匆匆离开了张掖，开往下一个城市。我知道这些只是张掖的故事的一小部分，但我会在将来的日子里，行走，聆听，感受它们。毕竟，我们人生中的游学路，才刚刚开始。

（写于 2017 年 4 月 6 日，发表于 2017 年 4 月 14 日《北京日报》第 18 版）

# 冬天里的春天

　　风刮碎了哈气，冬日的阳光带不来一丝暖意。我抱着才与我相处两个月的小猫雨墨那小小的尸体，潸然泪下。

　　雨墨是折耳猫，有折耳猫的遗传病——心脏有缺陷。我早知这一点，但因为不是所有折耳猫都会死于心脏病，所以也并未太过在意，可雨墨偏偏这样死了。

　　事发突然，雨墨在最后的两分钟里，脸已经痛苦地扭曲了。它像失去了理智，在我手背上深深地抓了一道，之后便再也不动了。

　　那一刻，我的天空崩塌了，我不相信前几分钟还蹲在我脚边的雨墨，几分钟后竟躺在了塑料袋里！可那放大了的瞳孔和不再柔软的身体告诉我：雨墨走了。

　　我在公园僻静的松树林中，挖了一个小洞，把雨墨抱进去。我离它那么近，因为它就在我的怀里。可我离它又那么远，因为它与我已隔了一世。

　　我拍下泥土中它最后的样子，发到了朋友圈。这个"小红人"已不在人世了。颤抖的手总是打错字，忍不住的泪一次又一次模糊了双眼，总算发了上去。我又哭倒于床上了。

　　仅仅两分钟后，"飞"从美国打来了电话，我的悲痛毫无保留地倾诉给只从初一军训到初一期末相处了一年的好友飞。飞在遥远的美利坚静静地听着，轻声安慰着。那时，美国已是深夜。

　　刚放下电话，铃声又起了，是小学的朋友，心疼地问我还好吗。微

信上，几个同学都发来信息，问我雨墨怎么了，安慰我别伤心了，别哭坏了身体。

泪水又一次涌上眼眶，抬起头，天空依然是淡淡的蔚蓝，没有一丝云彩。

在他们得知我被抓伤后，叮嘱我一定赶快去打疫苗，别耽误了。听到这些话我心中升起浓浓暖意。我一一回复了他们，看着他们的话，忽然觉得自己好幸福，泪水流到嘴边，却毫不咸涩，似乎是甜的。

雨墨葬在青松下，那松林少有游人来往，雨墨定能安宁吧。青松常绿，对它来说，似乎没有冬天。旁边的杨树秃了，可依然挺拔，因为它们内心早已孕育了春天。

（写于 2015 年 3 月 18 日）

# 高中时代最漫长的五分钟

虽然是周五，为了给高三的学长们加油，原本的上操时间我们举行了升国旗仪式。这是高考前的高三学长们在校的最后一天了。

我还无法想象，身为高三毕业生的他们还有五天就要用一场考试决定自己的人生，此刻究竟是什么心情，更无法想象两年后的我该是怎样的忙碌焦灼。

天阴沉着，风从我们头顶吹过，要下雨了。

升旗仪式后，学生代表念完了发言稿，副校长走上台去对我们说："下面我先讲一下规则，我喊高三，你们喊加油；我喊加油，你们喊高三，每个喊三次……"我们在台下为这仪式化的流程暗暗发笑，仪式似乎总让人无法真正地投入情感。我们文联女生居多，每次喊口号时几乎都是一片寂静，因此我本也只准备对对口型。但这一次，或许是因为站得紧凑，当副校长在台上喊出"高三"的时候，我的身边突然响起极响亮的"加油"的喊声。诧异之余，也不由得在之后的喊声中加入了自己的声音。

在三次的"加油"声中，虽然仪式感的生硬还是没有散去，但我心中仍微微地有些颤动。不由得想起初三的时候，记忆中我们在明媚的阳光下听到全校师生为我们喊着"初三，加油！"那时听了，只是笑着。笑什么呢，如今已经记不清了。但我记得最后那年，似乎被中考的紧迫冲淡了毕业的伤感，直到上了高中，回忆起当年初三，看到初中的校服，听到初中的名字，才真正发觉自己对初中母校的归属感。

我兀自想着，操场另一头的高三学长们突然喊道："附中，我爱你！我爱你，附中！我爱你！……"

喊声中，我忽然想起一位高中毕业的学长曾经写道，"最后一节化学课的时候，老师说完最后的知识点，顿了一会儿，然后说：'你们再看看书，我再看看你们。'然后，再没有人说过一句话，高中时代最漫长的五分钟在一片沉寂中度过，直到那命定的铃声响起，一切都结束了……"

刹那间，我几乎落泪，也许不单单是因为同样属于仪式流程的"加油"或是"我爱你"的口号本身，还有那几百人爆发出的响彻在操场的喊声，以及高三学长们那代表成年的浑厚的嗓音。千百人同时发出的声音，或许本身就会凝成一种力量，在这个时候，冲破麻木，直抵内心深处。

恍惚中仪式结束了，人群又像往日一样散开。我呆呆地跟着人流向教学楼里涌去。操场上似乎还响着副校长的那句话："高三的孩子们，附中永远在这里，不管你们去了哪里，母校永远支持着你们……"

回到班里，上课铃响起。窗外，下雨了……

（写于2017年6月3日，发表于2017年6月9日《北京日报》第18版）

# 街区小确幸

如果你没有来过北京，那么这就是北京，这就是生活在北京的感觉，这就是北京人简单的幸福的一小部分。

在北京，你会看见形形色色的人，从打工的外乡人，到土生土长的老北京；从骑着三轮车的小商贩，到开着宝马、奔驰的精英；从古老的平房小巷，到百十米高的大厦；从几平方米的小卖部，到数十万平方米的购物中心；从最古老传统的文化，到最先进的技术。只要你希望，就随时可以和它们在这片土地上邂逅。

在北京，各行各业的人，在各种各样的地方，你我互不相识，但我们共同感受着各自的小小的烦恼和小小的幸福。

想象一下，你走在北京的街道上，看到阳光下麻雀排好队在电线杆上站成一行。微风中传来了和谐的夹杂在工地的电钻声中的蝉鸣，空气里弥漫着前边年轻妈妈怀里小女孩手中草莓味棒棒糖那甜丝丝的气息。

打电话的商人急急地询问电话另一头的公司的经营需求，快速消失在下一个路口。年轻的情侣依偎着在树荫下走，每一片叶子都在为他们祝福。汽车飞驰着从小区的路口驶过，小区里老人们慢慢悠悠地走着，大声地向对方招呼着："哟，您这是上哪儿去啊？"

你出了小区，在各色共享单车中选了一辆，掏出手机来换取 10 分钟对它的使用权。跟身边和你一样骑着共享单车的人一起，骑向最近的地铁口。

地铁口的电梯上，乘客齐齐闪开左边的一行。售票处的工作人员双

手把找零和车票递给你，安检人员轻声对你说："请您试喝水。"

在人流中向同一个方向走去，搭上同一辆列车。你们都不说话，不用打招呼，不用解释，在再熟悉不过的地铁里，好像回到了家。然后再向同一个方向走出地铁口，四散而去，结束短暂的相遇。

你接过装着早餐的纸袋，面包店的员工微笑着，真诚地祝你有个美好的一天。面包还像往常一样香软，咖啡还是像往常一样有点儿苦，又有点儿甜，总之是美妙的醇厚的味道。

你加快脚步向单位走去，低头看看手机显示屏的时间。没错，北京的生活节奏的确很快，但我们都习惯了它，接纳了它，不久后你也会习惯在这样的节奏中开启新的一天。

如果你生活在北京，也许你也会抱怨限号的烦恼、雾霾的困扰，但渐渐地，你会产生一种归属感，即使是雾霾或是限号的时候，你想的不是离开这儿，而是让这快快变好。

不论去哪里，归时你会对别人说，我要回北京了，就像说要回家。毕竟家就在北京，北京就是家。

（写于 2017 年 7 月 6 日，发表于 2017 年 7 月 21 日《北京日报》第 18 版）

# 你的季节

今年春天的时候就想着要写些有关季节的文字，却一直拖延到现在才真正着笔。好在错过了一个季节，又会紧接着迎来另一个更动人的季节，错过的也会在第二年与你如期相遇，从不因你的错过而气恼，与你失约。

每个季节，都有其各自的美丽。每一个季节的每一天，都会让人体会到各种美的享受。且收了望向满窗深绿浅绿的目光，蝉鸣又开始喧嚣着告诉你，现在是多么美妙的夏季。

每个季节都有自己的意象，但每一次留心观察，总能看到更多。

喜欢早春的凌晨时候，朦朦胧胧的那一丝寒意和清爽。冬天严寒的那一点点遗憾被春天的回暖弥补，而留存下的那点儿宁静又掺上早春的蠢蠢欲动。二者相加得到的是另一种和谐。两个季节的交汇之处，总能带来双份的美好。

喜欢盛夏正午时候，锣鼓喧天的一派热闹。蝉嚷嚷了一天，好像声音都沙哑了，但一点儿也没想停下来。好不容易声音稍稍低下去了一会儿，又有鸟儿开始趁机唱开了。不过马上蝉又会齐心协力地再次喊起来，咄咄地把鸟儿的声音狠狠地压下去。而且总会让你想起几年前同样盛气凌人的蝉鸣。它曾出现在军训的营地里，伴着它的声音昏昏沉沉地睡午觉，再或者是小时候某一段稚嫩的录音，后边的背景音乐也正是这蝉鸣。于是一声声蝉鸣就穿起了整个童年，原来已经度过了这么多个夏天。

喜欢秋天的黄昏，冬日的夜晚。一切都接近尾声的时候，连人也会渐渐安静下来。看着枫叶残花的吹落，明白又是一场轮回的结束。等到下了一场初雪的时候，在昏黄的路灯下映出路面上白茫茫的雪，偶尔驶过的汽车声也只会使这个夜晚更加宁静。轰轰烈烈地上演了一年的戏剧终于落幕，但很快，又会亮起追光。

诗人不是总喜欢以季节作诗么，这也难怪。我们每一天都生活在某一种季节里，尤其是北方，分明的一年四季，无时无刻不影响着我们，目光所能及之处，也尽是季节了。

作诗的时候，眼下是什么季节并不重要，重要的是诗人在想什么。失意的时候，秋天是死亡，冬天是绝望，即使迎来了春夏的美好，也会因其短暂易逝，眼睁睁地看着好不容易盼来的幸福从身边滑走，加之自己人生的不易而泣下沾襟。但他们若是一时起了兴，便看见春天是萌芽希望，夏天是旺盛热闹，就是到了秋天也是缤纷喜庆，冬天又是别一番的宁静和美好。至于什么炎热寒冷，悲怆忧伤，便一下子统统忘掉了。

是的，人们可以随性地让自己喜欢的季节代表自己的心情，借其抒发自己的任何情感。春天不一定非要是希望，秋天不一定非要是丰收或者枯萎。我们大可以说"我言秋日胜春朝"，或者单纯地喜欢秋天花草凋零后的凄美。

描写一个季节的时候，秋天不一定非要是金黄的，秋天的代表不一定是秋姑娘吹落蝴蝶一样的落叶，不一定要有农民伯伯欣慰的微笑和压满枝头的红果子。秋天里，只要是我们看到的，就都是秋天。何必背诵千篇一律的范文，感慨别人都在感慨的喜怒悲欢，无病呻吟。

快把耳机摘下来吧，你听，蝉鸣在召唤你，看一看属于你自己的季节吧。

（写于 2017 年 7 月 24 日，发表于 2017 年 9 月 29 日《北京日报》第 18 版）

# 第六次看那海棠花

又一次在操场上漫步，映入眼帘的便是那棵海棠树。回忆往年，已经看过这棵树上的海棠花花开花落五次循环了。什么时候才能看到它再一次开花呢？还有幸在这里见到它美丽的花吗？

上一次见它开花，是去年了吧，对了，那时正是校庆呢！不是有个节目叫做《海棠春韵》吗？我也有幸成为其中"一朵"。

那些天，伴着《茉莉花》优美的音乐，广播中又一次播到"请参加《海棠春韵》的同学们来这里排练"。我便踏着欢快的步伐下楼，到那绿色的百草园排练。我和几个好朋友一起走着，并向她们请教"小五花"的手法。

当我们看到了那块石头（昔日捉迷藏的好地方）和那旁的树、草、花，看到了那片绿色时，才忽然发现我们到了。阳光洒在百草园，也洒在了同学们身上，同学们早就到齐了，不过老师还没来。同学们三五一群地说着、笑着，有的已经开始练了。

正沉醉着，老师来了。她笑着拍了三下手，我们立刻会意，也拍了三下。大家一起拍手，声音既响亮又和谐。几只小鸟飞了起来，撞了树枝，发出"沙沙"的声音。我们会心一笑，老师便放起了音乐。

随着音乐的节奏，我们散开，开始排练。一阵微风吹过，我们笑了，在这火热的天气里，风是多么宝贵！草啊、花啊都微微作响，也陶醉在其中。

不知不觉中，下课铃响了，老师让我们等等，只见食堂师傅推来一

车绿豆汤。我们惊喜地笑了，老师组织我们一个个打汤。我们有序地打完，走向班里。刹那间，余光中看见了那一朵朵海棠花随风飘动。像小孩一样，发出"咝"的"笑声"。

　　这是我第五次看海棠花开，不知道第六次将在什么时候呢？快了吧，应该快了……

（写于 2013 年 5 月 12 日）

# 写给爸爸的一封信

**爸爸：**

　　我写信这天，你 39 岁喽，应该说祝贺你又"长大"了呢，还是应叹息你又老了呢？总之，生日快乐！但这并不是这封信的主题，那些客套话我不愿多说了，下面言归正传。

　　听说你还要晚回来一年，我并不失落，当然，也并不兴奋。不过，如果你更喜欢那里，我也会开心呦。

　　我不会请求你早些回来，不过我在一直等你回来，我似乎有一些淡忘了一家三口的日子呢。不过没关系，只是希望你能享受那里的每一天。如果你只是为了应付一些无聊的工作的话，我也会为你感到遗憾的。

　　我选了这个沙漏送给你，是因为你一个人在西藏，多少会有点儿冷清。所以给你一个小装饰，让屋子漂漂亮亮的。还有，就是爸爸，我快长大了，你也快变老了呀。你的鼎盛时期将要像沙漏里的沙子一样溜走了。人不可能再把沙漏里的时间倒过来继续。所以，在最后这十几年身体强壮的日子里，多干些快乐的事吧。再过几年，十几年，你女儿可就嫁人啦，我完全属于你们的时间可就要不多啦……

　　沙漏里的沙，不停地流啊。我在不停地长大啊。当一切的一切都落上尘土时，沙漏中最后一粒沙也流光了。

　　人的一生带不来什么，也带不走什么，钱再多也贿赂不了死神，只要能活下去，就没有什么不满足于钱的了吧！用它去买什么，也买不来

快乐。所以，别急于挣钱了，对自己说一句："嗯，够了……"

爸爸，这就是所谓的"信"吧，这些话是不能用电话来讲的啊。我早想写信了，但没有合适的机会，借此机会，我终于想写一次了。期末前夕，我抽出半小时把信写完，也值了吧。

竹筐里，封住了沙漏，却封不住时间。而距离，分开了人与人，却分不开血浓于水的爱。那电话，连接了声音，却连不住想念。这封信，写出了汉字，愿你能感受到爱。

最后，祝生日快乐！

（写于 2014 年 6 月 30 日）

# 听　见

那天，我和朋友走在新中关购物中心熙熙攘攘的人群中。阳光明媚得刺眼，把路边的石阶晒得滚烫。远方隐约传来《天空之城》的旋律，夹杂在车辆的鸣笛声中，渐渐清晰，我们正向那声音的源头走去。

小提琴的音色细腻而悠长，穿透了人群中的嬉笑和喧嚣，缓缓流淌入耳中。我和朋友感叹着这音乐的美妙，猜想这声音不是来自音响。因为每一个尾音中，似乎都隐藏着一种极深的情感，让人没办法相信这声音会来自某台机器。

我仔细地分辨着，它没有初学者经过不断练习后奏出的熟练而麻木，也没有音乐会上小提琴独奏那充满技巧的颤音，却恰到好处地将演奏者所有的情感流露。那种情感，不同于演奏家对音乐的热爱，也不单是乐曲本身的悲伤，它更像是一种倾诉，属于演奏者本身，寄托于一曲《天空之城》之中。

我猜想那演奏者，也许是个经历了无数挫折和坎坷的中年人，最终选择在这繁华的中心演奏，讲述自己生命的故事。

然而当我们转过绿化带的灌木，我发现我想错了。在新中关购物中心广场的阴影里，坐着位七旬的老人。老人穿着稍褪了色的灰色外衣，双目微合，却不是陶醉，而更像是一种平静。头微微左倾着，不像是演奏者，反倒像个倾听者。他的年龄和气质，会让人不敢相信他手中的乐器是小提琴而不是二胡。他坐在一张马扎上，看起来就像个很普通的、坐在小区内乘凉的老人。

在他的身旁，坐着一个六七岁的小女孩。那女孩安静地坐在老人身边，眼睛左右打量着过往的行人，粉色上衣的款式看上去有些旧了，却洗得很干净。有一瞬我与她对视，她的眼神中没有任何自卑，倒像是在等待着爷爷与小区里其他老人聊完天后一起回家。她双手无所谓地放在膝上，脚边的琴盒里，零散地放着些绿色的、紫色的钞票。

无数过往的行人从老人身边走过，他们有的说笑着，有的拿着手机给老人录像，构成一张长曝光的照片，在我眼前划过一条条模糊的虚影，只有老人仍坐在那里。良久，却并没有人在老人的琴盒里放零钱。我和朋友摸出几张纸币，慢慢走到老人面前，在《天空之城》的旋律里，弯腰把钱放入老人的琴盒。那感觉，不是在施舍卖艺的老人，而是向这位老者深深地鞠躬。

我不知道是什么，迫使老人带着女孩来到街头演奏。他们没有将不幸写在纸上换取路人的同情，没有让年幼的孩子跪在街头向路人乞讨，也没有大声哭诉自己命运的坎坷。但我相信，一定有些难言的苦衷，使他们不得不这样做，而这些，都在一曲《天空之城》里。老人是有尊严的，他只是在露天的街头开着自己的独奏音乐会，演奏给听懂他的人，演奏给自己。

听到《天空之城》那熟悉的旋律，又想起那老人。假使如今再与老人擦肩而过，或许我无法辨认出他来，但倘若让我再次听到那琴声，我定会寻那声音去。在那声音的源头，我定会看见他坐在马扎上，静静地演奏。

（写于 2017 年 5 月 16 日，发表于 2017 年 6 月 2 日《北京日报》第 18 版）

# 听　曲

那是在瑞士半山腰上的一个小旅馆里。只有旅馆的大厅里有免费的Wi-Fi，说是大厅，其实也并不是很大。不少人都来到大厅里上网。我也是因为这里的 Wi-Fi 才来到大厅。正在我们低头上网时，听到大厅前有钢琴的演奏，刚开始以为是播放的音乐，后来才发现是一位老者的演奏。

他每演奏完一首曲子，就停下来看看那些低着头看手机的人们，满面带笑地用英语说"谢谢，谢谢"，似乎是想得到掌声。而那些游客却无动于衷，只有一两个人鼓鼓掌，却头也不抬。老者略带尴尬和无奈，开始了下一首曲子。

那钢琴曲真的很好听，老者弹得也很好，但沉醉于手机里的人们却似乎什么也没听见。看到这里，我突然一阵心酸，放下手机，全神贯注地听起来。大厅里三四十人中，老者的听众只有我和一对日本夫妇，每听完一首曲子后为他鼓掌。

就在我陶醉于老者的钢琴曲中时，突然听见游戏的背景音乐喧哗起来。我们团的一个年轻的小伙子横躺在沙发上，旁若无人地玩着手机。老者停止了演奏，用英语让他关掉音乐。那个年轻人听得懂英语，但他并未做出任何反应，直到我们看不下去，用中文让他关掉，他才愤愤地插上耳机。

那一晚，我没有再拿起手机，而是认真地听这美妙的音乐。

（写于 2015 年 2 月 27 日）

# 我不怕

去年我坐班车上学，可是因为总迟到，便改坐公交车了。一个二年级的女孩也同我一起去坐公交车回家，不过我们坐的不是同一辆罢了。

那天，同往常一样，我带她来到车站。没过一会儿，远远听到"375路无人售票车……""我可以坐，"我嘀咕着，"并且可以停在家门口！""坐……不坐……坐……"我内心挣扎着，尽量使外表看起来平静些，不让她着急。但心却像要飞出去似的，使劲敲着我的胸膛。十米、八米、六米……车要到站了！

我踏上车，进入温暖的车厢，有个空座，我坐下。当喇叭大声说到"广场西门"时，我跑下车。妈妈等着我，我牵着妈妈的手，跑进温暖的家……我想象着。"咔！"车门开了，打断了我的"美梦"。这种车很少，一小时发一辆，可如果我坐上了车……她怎么办？

一阵凉风吹来，我不禁打了个寒战。好冷！上不上车？如果375停一下，便很快走了，也罢。可是它却停了足足两分钟也没走。发动机的"隆隆"声仿佛在呼唤我，可脚却被钉住了似的。

"咔—"车门关上了。太阳也被一股凉风吹下了山，藏了起来。其实，我最怕的是黑！天黑了，心也提了起来。

"姐姐"，她突然叫我，拽了拽我的衣服，"你怕黑吗？"我吓了一跳，支支吾吾地说："我……这……我不怕！""我不怕"这三个字从我嘴里溜出来。"呵呵"，她轻松地笑着。

到她家只有一辆车可以坐，我陪着她等车。小小的她忍不住心中的

无聊，问我："你可以给我读《格林童话》吗?""我……"我又一次语塞。我看着她那双无邪的眼睛，不情愿地伸出双手，答应了她。

接过书，突然，我摸到了一个冰凉的东西——她的手！我毫不迟疑地握住她的手。她吓了一跳，然后，害羞地把脸埋进衣中，露出一双亮晶晶、充满感激的小眼睛。

不知过了多久，她的车来了，我帮她收好书，送她上了车。我看了看表，惊讶地发现才过了 20 分钟。

我望着将要离去的车，心中暗暗地对她说："谢谢你！你让我感到了那种不同寻常的感觉——关爱的快乐。"

（写于 2011 年 11 月 23 日）

# 真假一百分

　　成长的路上，有儿时的傻事，有成功的喜悦，有艰难的挫折，有那些难忘的故事，深深刻在我心中。

　　统测！我们像一群蚂蚁，在这条统测之路上爬行。每天的古诗测、阅读测、拼音测……但成绩总是不满意！古诗测时满分 20 分，我只得了……8 分！

　　看着那鲜红的"8"，它诉说着一切：古诗背得不熟，字写得不清楚，字不规范……它大声呵斥我："你真没用！这点儿基础都不会！"我被"8"折磨得坐立不安。什么时候才是 20 分？这有可能吗？你的字能一下子变好吗？一个个问号直锥我心。

　　回家后，一见到"8"这个"血淋淋"的字，我就垂头丧气，不知什么时候，我心中的小恶魔跳了出来。"嗨！得的分很低吧！我就知道，想得满分吗？"小恶魔盯着我。我竖起耳朵，一听见"满分"，我就心花怒放。"哈！想得满分还不容易？作弊呀！"一听"作弊"二字，我忽然懵了！小恶魔在我头上又蹦又跳，怎么办？

　　当我正犹豫的时候，小恶魔又对我说："你先在家拿张稿纸，按顺序写诗，写完对一遍，第二天在课上假装写，把这份交上去！"小恶魔激动地叫了起来，我拿出了稿纸……

　　很快，一份"作业"在我笔下诞生了。对！就这样，检查一遍！检查是必不可少的，检查完，我发现我都掌握了诗的内容。可是字却张牙舞爪。一个，两个……不规范的字被我拉了出来。

　　"不行，再来一遍！"小恶魔生气地将乱七八糟的稿纸扔进垃圾箱。第二遍，"不行！"第三遍时，我忽然发现可以了！小恶魔说："可以了！装进书包吧！"这时，小天使也出来了，她只说了一句话："你想要真一百分还是假一百分？"便回去了。

　　"真的！"我大声说。这唤醒了我，恶魔不见了。我也在一遍遍练习中找到了真实的我。"你在骗谁？"小天使又出现在我头上。"我……"我不知怎么回答。要用真实力！我告诉自己。

　　第二天考试，我没有装那张纸，但我得了一百分！这并不让我惊讶，因为我没有骗自己，成绩也一定不会骗我。我觉得我长大了，长大了许多……

（写于 2012 年 11 月 10 日）

# 零钞的世界

街边的那一片空间，熙攘、喧嚣。那里，我们叫它"早市"，他们在那里生活，生活在他们的世界。

拉着小购物车的老人从街边的门进去，推了一自行车菜的人从那个门出来。从那门进去的人，踩着脚下泥泞的或是有腐烂菜叶的地面，从讨价还价的人群中挤过，在四面八方响起的叫卖声中分辨最便宜的菜价，然后货比三家。

鱼腥味充斥着鼻孔，剁掉尾巴的鱼在石板上挣扎着弹起来，又啪的落下。他们熟练地去鳞、收钱，他们是夫妻。"你甭管她，她爱买什么买什么，你不要跟她废话。老太太，不识好货……"女人嘴里骂骂咧咧地斥着男人，眼角瞥向低头挑鱼的老人，老人最终还是挑选了便宜的一条，女人不满地迅速把钱从老人手中抽走，转身向别人吆喝。

"今儿这枣多好啊！这还贵呦？老太太！20元这么多！"他用手拢了拢桌上的枣，以显示这的确是很多很多。"这个便宜，8元，但又小又少啊！要哪个？这个啊！好嘞，要多少？"他甩掉先前脸上又委屈又着急，好像他要帮助别人，别人又不肯叫他帮忙的表情，喜滋滋地称斤两。"再要个袋儿啊？没问题！得嘞，您拿好！"一面接了钱，微笑着向手上啐了些口水，美美地数手中紫色的、蓝色的钱。

他身旁伸过一只小手拽他，是个小女孩，要让他看什么东西，他抖一下胳膊，操着些方言让她别闹，因为他正忙嘞。小女孩无所谓地坐回地上堆的用来装菜的麻布袋上，吃着手或是手里的什么东西，踢着脚上

的拖鞋，吧嗒吧嗒地，身子一抖一抖，不知道这样的时间，她已度过了多久。

他们是生活在硬币里的人，喜怒哀乐于琐碎，满意于手里的零钱。飞机在天上飞，火箭在太空里遨游，人们在电脑里创造着世界，而他们还在数，数手里的硬币，日复一日，没完没了地数下去。

我只能想象着，他们的生活中定是有我所难以理解的苦衷和无奈。他们在早市里忙碌着，无暇体会都市人的生活。同在北京，而他们在街边的那块空间里生活，活在他们的，小小的世界里。

（写于 2016 年 10 月 21 日）

# 我心飞翔

当一只雏鹰乘风而起；当一粒种子探出绿色的小脑袋；当鸟儿将蛋壳啄破，使第一缕阳光射入时，我相信我也可以拥有他们那份自信，那份勇敢的追求，那份可贵的执着。

一滴水并不起眼，但它可以升到空中，和五湖四海的水一起变成雨，来到世界的每一个角落。落到叶子上变成露珠，落到土壤里滋润泥土，掉进大海中变得发咸，滴在小沙坑中，拯救一个生命。

一个人生来并不伟大，但他可以成为一名教师，教育千百个学生；可以成为一位作家，为千百名读者带来思考；可以成为一名飞行员，行旅千百个国家。

没有什么不可以。

我与花草一同谈心；与天地一同思考；与马儿一同奔跑；与花儿小草一同生长；和大自然融为一体。

我与纸笔成为朋友，我把猫狗当做亲人，我将老树看做老师，让一切有生命的存在进入我的生命。

这一切并不荒唐，因为什么都可以。

微风替我擦干眼泪；阳光给予我最温暖的安慰。一片晴空总会有几朵云彩，下雨前也少不了几片乌云。

小草弯了，总会再直起来，比之前更长、更绿，闪着自信的光芒；小花谢了，总会再次绽放，比之前更美、更可爱，结出执着的果实；小树的枝断了，总会在另一处长出新枝，比之前更高、更强，挥动着坚强

的锦旗。

　　没有两片相同的叶子，没有一模一样的生命，也没有完全一样的心灵，只有唯一的自己。放下负担，让心不再沉重，让它轻松地飞上天空，让笑容布满脸颊，让笑声成为自己独有的声音。让世上的人，世上的物，让一切的生命，哪怕是不起眼的小草，哪怕是弱小的蚂蚁，让他们成为自己的快乐。

　　当冰冷的泪水缓缓地淌下脸颊，笑一笑，擦干泪，要知道那咸涩的泪水不属于自己。

　　我心飞翔，像小草般执着，在田野中萌发；像小树般坚强，在大山中经历风吹雨打；像鱼儿般快活，在大海中自由成长；像雏鹰般自信，在天空中一次次翱翔。

（写于 2013 年 11 月 20 日）

# 北京欢迎你

"迎接另一个晨曦，带来全新空气……"当《北京欢迎你》这熟悉的旋律再次响起，久违的感觉再次涌上心头，我竟热泪盈眶。没有人知道这首歌在我心中代表着什么。

2008、福娃、鸟巢……这一切在七岁的我的心中占据了重要的位置。还记得小学的大厅中，赫然写着"距离奥运会还有××天"。每天，我都要站在倒计时的天数前，静静地看一会儿，不知为什么，那一天令我如此期待。

《北京欢迎你》作为宣传奥运会的一首歌曲而风靡全球。记得那个MV，是许多歌手一人一句拼起来的。我喜欢它，一次又一次地播放、跟唱，尽管像"拘礼"这种词我并不能够理解，但这首歌的韵律那么美、歌词那么贴切，它成为我最喜爱的歌，只因为它代表着北京奥运会，只因为它的名字"北京欢迎你"。那时的我就已经对北京有了归属感，似乎我所在的城市，我所在的国家能举办国际上的奥运会，使我感到了莫大的荣幸。那时，我还太小，不知道什么是爱国，什么是"以国为荣"，只是隐隐约约感到兴奋和自豪。

2012年伦敦奥运会时，我参加了一个国际夏令营，去英国游学。那时我还没有现在这种功能全面的智能手机，只有一个MP4作为娱乐，里面有《北京欢迎你》这首歌的MV。抵达伦敦时，正赶上奥运会开幕，尽管我们没有机会看上一场比赛，但每天早晨我们都在关注着。记得一个同学的手机能上网关注赛事，于是每天起床后，总会有十几个同学围

着她，她会宣布中国昨日又获得了几枚金牌，排名第几。每每听到好消息，我都会看一遍 MV——我们中国又得了冠军。当英国人问我们来自哪里时，我会扬起小脑袋用不太流利的英语回答："我们来自中国北京！"

今天，当我再次听到《北京欢迎你》的旋律时，才发现这十几年来我一直爱着北京。现在的我已去过七八个国家，到过不少美丽的城市，从悉尼、罗马、巴黎、瑞士到加德满都，虽然这些城市也不乏文化底蕴，但我心目中最爱的依然是北京。不管它是不是过于商业化，是不是过于拥挤，有没有雾霾，我对它的归属感依然没有改变。这种感觉，是对其他地方所没有的。尽管它不够完美，但我相信它会越来越好。就像我们在成长，没有人会知道它会变得多好。

北京，这个我生长的地方，随处都可以看到我生活成长的影子。天坛公园的草坪里有那个蹒跚学步的小丫头，一不小心歪倒在草坪上哇哇哭起来；4 号线的地铁上有那个自己背着书包上下学的小身影，一上地铁就把书包挂在门口扶手上，就像是进了家门一样亲近；北京大学附属小学的操场上有那个每天放学后都在接受田径训练的女孩，尽管没有拿过区运动会的前三名，但仍然为自己是一名校田径队员而骄傲地奔跑着；如今的我背着重重的黑色大书包，穿着黄绿校服，行走在育新中学所在的新康园小区，杂货铺、煎饼摊、公交车站，还有那带着红袖箍、挥着小旗指挥交通的协警老爷爷，一切都是那么亲切。

放学回家的公交车上，我一路都在听《北京欢迎你》，回家又翻出那个 MP4 上的 MV，看完这个不过是几分钟的 MV，我已沉醉其中，没想到这首歌，这种感觉触碰到了我内心深处。它陪伴着我童年的成长，表达着我内心对中国北京的热爱，还有那令我自豪的奥运会，我轻声地唱着"北京欢迎你"。

（写于 2015 年 10 月 25 日）

# 跪

假期如约而至，然而作为初三的学生，毕竟还是要上课的。夏天的热是不讲情面的，仿佛要融化这个世界。也就是这样的晌午，让在地铁站等车的人愈加烦躁，埋头看着手机。

终于上了地铁，我靠在车厢的一角，昏昏沉沉地闭上了眼。不知过了多久，隐约听到车厢里传来了歌声，由远而近。我想这准是又有人来行乞了。眼前似乎已经看见了一个老人腰间别着音响，一边慢慢向下一个车厢蹭，一边伸手讨钱。

然而歌声来的却比我想象的快。不一会儿，歌声就到了眼前。声音大得吵人，似乎为了把熟睡的人吵醒。心中有些埋怨为什么不把音响声音放小些。我很不情愿地睁开眼，想看看是怎样一个乞讨者。

在睁开眼的一刹那，我着实意外了一下，那动听的歌声，并不是录音带里播放的，而是一个女孩拿着麦克风唱的。她梳着一个辫子，年纪看上去与我相仿，大约十五六岁的样子，个子与我一般高。我的目光穿过女孩，忽然发现女孩背后还有一个五六岁的男孩，穿着整齐，眉目清秀，四肢健全，身体健康，但他是跪着的！他跪着跟在女孩后面，把手伸向两旁的乘客。很熟练，用膝盖走得也挺快。不管是唱歌的女孩还是跪着走的男孩，他们的表情都是那么自然、从容，毫不羞涩，倒是旁观的我感到意外而尴尬。

我的目光久久地落在男孩身上，脑海里浮现出的是我的表弟，表弟年龄与这个孩子相当，此时此刻正与他的父母在海边度假。而眼前这个

男孩却在地铁车厢里，熟练地用膝盖跪着乞讨。有乘客看到这个男孩，从兜里掏出钱包，挑出一张小面额的零钱递给他。男孩接过来，女孩拿着麦克风道谢。到我面前时，男孩手中已经攥了一把零钱。

我乘地铁去上课，那女孩乘地铁在乞讨卖艺；我的表弟在度假，而那男孩却在跪着走。想到这里，我掏出了些零钱，不是因为同情，不是为了女孩的歌，是因为男孩的跪，我在为他的尊严买单。我伸手把钱递给男孩，男孩跪着默默地接了过去，他显得那么矮，那么渺小。女孩响亮地对我说了声"谢谢"，我看着他们走向了下一个车厢。

歌声渐渐远去，我也该下车了，我不会为给了他们钱而后悔，但还是为我看到的而伤心。因为我们都是孩子，而我买了他的"跪"。他还是个孩子，他的同龄人中，有几个是这样跪着"挣"钱的？在他的世界里，他的快乐来自他手中的那把零钱，他以为人生的意义就是这样跪着活着。他是个男孩，有什么值得他跪下呢？他还是一个孩子，却过早地出卖了自己的尊严，他的尊严正在他手里攥着。他们若是站起来，放下麦克，在别人看来准是外地学生来北京旅游，坐地铁去哪个景点游玩呢。我想他们绝不是走投无路，他们完全可以有另一种活法。

（写于 2015 年 7 月 31 日）

# 改　变

　　秋天，美在一份独特。

　　它更爱多彩，不像春那一片绿，也不像夏，在绿色上点缀点滴露水。

　　秋更爱改变，它去除那嫩绿，不再单调。闭上眼，那原本嫩绿的叶变红了，改黄了，又发紫了。

　　秋风，不带一丝顾虑，眼看那么多彩的叶，哗啦啦似雨般的坠落，这便是叶的生死。秋使那叶第一次看清自己属于的那棵树。同时，也毫不心软地驱走候鸟，准备迎来冬的寂静。

　　秋，总是在不经意间来到，当我睁开眼，发现最爱的那棵树秃了，取而代之的是地毯般的落叶。我猛然意识到：秋来了。

　　当一棵树秃了，我知道，是秋来了。但当所有树都没有了叶，那便是冬了。秋选择一部分树，却又留下一部分。同样朝夕相处的树，一棵多彩，另一棵却已没有了自己的叶。这没什么不公平，因为秋来了。

　　当火红的果子压弯了树枝，秋挥挥手，那果子便坠下，被叶子接住，静静地落在叶上，成为树的营养、树的希望。

　　秋好似"顺其自然"这个词语一般，只是等待着冬的来临，没什么可悲伤的，这是叶归宿的时候，是候鸟离开北方故土的季节，是暖与冬的过渡，是昆虫生与死的分界线。听上去很悲伤，但这正是秋的独特。

　　秋，总是无声地来，又匆匆地干完它的事。秋天的人，秋天的动物，总是匆匆的，又总是充实的。

秋并不稀有，却又十分值得我们去珍惜。去留意那悄然来临的秋，因为它随时都会离去。当河上的水结了冰，当松树的叶落上了雪，当梅花开了时，秋便已离去。

（写于 2014 年 11 月 6 日）

# 猫的死

　　同样是死，猫与狗，却以不同的方式去面对。狗的死，让主人心碎，而猫……

　　听二姨讲，以前她们在住平房时，养过一只大黄猫。它的死，早已被人们遗忘。直到最近，养的"贵妇"死了，才又一次被提起。

　　一直以来，二姨都以为那猫是丢了。后来才了解，是它走了。猫是有灵性的动物，就像大象，死前必然离开群体，去那个神秘的"象冢"。它们不会死在象群中，以免引起恐慌，所以每到老死前一段时间，便会走了，永远地不会回来了。

　　一些猫在被完全驯化前，就遗传了祖先的做法吧。它们老死前，会想尽办法离开主人，藏到一个最隐蔽的地方。不让主人看到它死的样子，不让主人伤心。我听到这里，泪便很快流下来了。真想见见那在我出生前就死去的大黄猫。

　　那一年，大黄猫走了很多次，每一次出去，几个月后，又回来住一两天，身体一次不如一次了。直到住完最后一晚，就永远地走了，再也没有回来。

　　而这只"贵妇"就不同了，它死在主人怀里。它们两个的主人都是二姨。二姨哭着讲述"贵妇"死在她怀里的样子，最后淡淡地提起了大黄猫。尽管讨好主人的"贵妇"的死让主人记忆更深，但我却认为大黄猫更加高尚。

　　这，就是猫，没有被完全驯化的猫。季羡林的《老猫》讲述了这样

一个故事。现在，越来越多的猫被完全驯化，它"伟大"的行为，也在一点点被淡忘。这，就是猫……

（写于 2014 年 10 月 28 日）

# 猫馆之昏

名猫休闲馆的下午，显得十分安详。

馆并不大，一半的座位是椅子，一半的座位是沙发。中午沙发上，总有几只酣睡的猫把身子蜷起来趴在坐垫上。

轻轻抱起一只在沙发上熟睡的小猫后，坐下，把它放在膝上。它并没有因此惊醒，只是懒懒地趴着，抱住我垫在腿上的胳膊，将头倚上去，继续甜甜地睡了。用手背在它背上轻轻滑过，指缝里是它黑得发亮的绒毛。看着它的睡容，心中升起一种宁静。从它的头将到尾尖，呵，它的毛那样柔呢！从头到尾尖都是软的。

随后，欠一欠身子，端起桌上的猫爪咖啡，品一口。看看膝上的小猫，不敢抽出被它抱住的胳膊，生怕不小心，惊醒了它。正在我端详这个小绒球时，一个软软的"东西"从我背后和沙发背间缓缓挤过去。此时，扭头看，一只淡黄色的猫蹲在了我所坐的沙发扶手上，眼睛直勾勾地盯着桌上的点心。刹那间，我明白"馋猫"的由来了。我把盘子推到离它远的一端。谁知它灵巧地一跃，前爪搭在桌沿上，一跃上了桌。我赶紧把它抱下去。它看上去很扫兴，又看了一会儿，跑到自动喂食器那里吃猫粮去了。

几只幼猫围着大猫摇晃的尾巴玩着、扑着。大猫似是无奈，闭上半只眼睛趴在地上，任幼猫跌在自己身上，爬起来，再跌下去。幼猫终于抓住尾巴了，又被大猫抽回去了。百玩不厌、百试不爽。

在紧张的学习和生活之余，能够闲静地品一口咖啡，抱一只小猫，

静静地看着猫们的生活，不加干涉，也算是一种享受呢！忙碌之余，但求心灵的宁静。

（写于 2014 年 10 月 2 日）

# 思念·星空

说到月夜星空，我心中只有想念。

我想念月夜星空，就像想念一个远在他乡的故人，就像想念我逝去的幼年时代。

小时候，我常常到小区中最寂静的地方蹲下，等一小会儿月亮，等一会儿星天。不久，它们就会出现在我的眼前。当夜已深了，我便跑回家，偶然抬头，发现好像月亮跟着我，我走它也走，我停它也停。我曾和小朋友们自豪地说过："月亮会跟着我走！"

长大些，我明白，月亮好大。它不仅"跟着"我走，也伴着其他人。每当我抬头，望着星空，总是感觉我如此渺小，星星们仿佛包围了我，包围了我的房间，包围了整个世界。

去年在内蒙古时，草原上没有一丝灯光，星星才肯与我碰面。它们半明半暗，像是在传达某种信号。我慢慢破译着，慢慢思索着，慢慢回味着。甚至当我闭上眼，它们也不会弃我而去，仍在梦中与我相遇。

现在，又是一个夜，一个寂静却明亮的夜。抬头仰望星空却又不见它们的身影，只有一缕幽幽的月光，伴我度过这寂静的夜。

（写于 2013 年 9 月 7 日）

# 内蒙古啤酒节

这是我在内蒙古的最后一天，却是啤酒节开幕的第一天。天黑下来了，啤酒节的音乐也响起来了。

顺着声音找过去，一个仿牌楼的纸板出现在眼前，上面写着"内蒙古第二届国际啤酒节"。这"牌楼"下，站着一排特警，看起来很庄重。特警们身后是一个巨大的充气小黄人，似乎掩盖了特警的庄重和严肃。如果你望向五彩的灯光未覆盖的角落，还会发现，在那里停着几辆救护车，医生们似乎时刻准备着冲上去救治伤病员。

接下来，你就会听到主持人站在最大的台子，也就是正场上，似乎词穷一般不停地说："很开心大家能抽时间来啤酒节，真的很开心见到大家，很开心，很开心……"台下的观众高高举起手机拍着，让我们看不清主持人，只能听到那洪亮的声音夹杂在流行摇滚音乐里。

这音乐并不是这个正场播放的，而是左右五六个连着的副场的音乐。那些副场大同小异，不过是多几个歌手，不同的主持人罢了。随便走进一个，便见到台下几百张桌子旁坐满的人，在震耳的音乐声里喝着啤酒，吃着内蒙古特有的烤肉，有的人抽着烟，也有人大声聊着天，因为若是小声对方根本听不清在说什么。不过，几千人中，竟没有一个在低头看手机的，不管在干什么，所有人都兴奋地盯着 T 台上的演员。

虽说台子不大，但节目类别却不少，先是一些女模特在摇滚乐里走秀。她们服装统一，一色的黑，让人不知她们为何走秀，不过也可以理解，啤酒节不是春晚，只图个热闹罢了。

接下来是几位歌手，一位女歌手像模特一样走上 T 台，开始唱起歌，那歌我从未听过，不过节奏很快，伴奏声音也很大，十分热闹。不一会儿，那位女歌手便沉醉在歌里了，闭上眼甩着自己的长发，一会儿弯下腰，一会儿又蹦起来，好不热闹。

当这位女歌手意犹未尽地走下 T 台时，蹦上来一位年轻的小伙子，一上来便大声喊着请大家将手举过头顶摇摆，一会儿又让大家一起呐喊，然后举起台上放好的大杯酒当众干掉。终于开始唱歌了，其实唱得并不出众，也只是普通人的水平，不过热情得仿佛要从 T 台上蹦下来和观众干一杯。这样的啤酒节，真是欢快而豪放。

又一位蒙古族打扮的中年男子大步走上来，唱着蒙古语歌，我们只有听个热闹罢了。之后竟有个杂技，样子颇像春晚上的那种，这个杂技不是一个男子和一位女士，而是两个男子。这个节目演出时台下围得水泄不通，的确，这称得上是个有含金量的节目了。

看罢，我们走出副场，一排副场对面是一排烤肉摊。烤肉的人们也扭动着身体，快活地一手递烤串一手接钱。但最特殊的是那头烤全牛，我能清晰地看到牛头和牛的肋骨。

这啤酒节的场地并不大，也只有这样几个场子便将这片空地塞满了。走出啤酒节的那个"牌楼"，回头望望还在奋力唱歌的人和配合地举起双手呐喊的观众们，我笑了。生命的意义也许并没有想象中那样深刻，或许，只像这样，图个快活热闹罢了。

（写于 2014 年 7 月 18 日）

# 美的瞬间

上学的路上，公交车走走停停，伴着人们上上下下和汽车的鸣笛，这个早上没有一丝美感。

车门又一次慢悠悠地打开了，人们一拥而下后，车却迟迟没有开启。我抬起头，发现车门并没有坏，前面也没有车。忽然间，我明白了，司机正在等一个人。约过了两分钟后，一位穿着西服、打着领结的中年男子露出了上半身，但不同的是，他的胳膊下架着两条拐杖，拐杖又向前挪动了几步，我看见了他的腿。那不算是腿吧，因为其中一条腿是假的，直直地立在那里；另一条是弯的，不及胳膊的长度。

就在他上来的一瞬间，有五六位乘客几乎一同站了起来。中年男子仿佛有些不好意思，边说"谢谢！谢谢！"边向一个需要上一级台阶的空座位挪去。那空座旁，是一个七十多岁的老人，见他走来，便将自己的拐杖放在一旁，伸出颤抖的手拉了那位中年男子一把。当那双布满皱纹的手与男子那双布满茧子的手接触的时候，我的心颤抖了。

他只坐两站，但他刚过一站便向后车门走去，老人默默地用手推了男子一把，使男子站了起来。站很短，所以男子还没走到车门前，便到站了。他努力地向前走，两旁坐着的人也伸手帮助他。司机并没有立即开动，而是默默地等着他，直到他的两条"腿"都着了地，才缓缓开动。

这时我发现车上几十位乘客都望着他的背影似乎在思考些什么。也许，就在他上车的一刹那，每个人的心都震撼了。他虽然残疾却仍身着

十分规整得体的西服和他独自走在马路上的背影留在了每个人心里，还有老人的那双颤抖的手和司机师傅耐心的等待。

我总觉得，这个早晨，好美……

（写于 2013 年 11 月 2 日）

# 窗外的冬

凝视着窗外，风呼啸而来。

枫叶曾骄傲地红了一秋，展示给所有仰望他的人。而今，他却在踌躇地摇曳，犹豫着究竟是狠心地离别，还是委曲求全地存在。他终究还是撒手了，在陌生的世界中翻转。酝酿了一秋的伤悲，终于在此刻宣泄出来，他们的哭喊被风的呼号所淹没。

没有来得及南飞的鸟儿在枝头盘旋，讥笑着枫叶的悲惨，却意识不到，其实自己的未来也将无依无靠。

柳枝在风中无力地摇摆，那纤细的叶早已在寂寞中憔悴。她永远无法忘记，曾经自己的秀发和身姿使多少人为之陶醉。而今，她所剩下的，只有朦胧的回忆。残酷的现实粉碎了她的高傲。她在对春的憧憬中睡去，以寻求心灵的慰藉。一觉醒来，应是春暖花开。

白杨依旧挺拔，他就这样立在凛冽的寒风中。他便是这样地站着，展示着自己的坚韧。他早已无权享有叶的陪伴，无牵无挂度过整个冬天。而他的枝却绝望地向上伸着，干枯的手指似乎竭力想要抓到什么，流露出了那坚强的外表下，藏匿着的不为人知的软弱。

然而，松是幸福的。他不曾有柳枝婀娜的妩媚，不曾有白杨伪装的坚韧，不曾有枫叶多情的红，只有这低调的绿，才懂得什么叫永恒。

风是无情的，沉浸在他的狂喜之中，咆哮着，宣布这是属于他的季节。奈何，他也终于疲倦了，给这冷酷的冬留下了一份难得的闲静。

而此时，人们的生活却早已与季节无关了。下雪了，人们依旧匆

匆，只有孩童们拥有说不尽的喜悦。而大人们所想到的，不是童话般的浪漫，而是出行将变得多么困难。因为他们知道，再洁白纯净的雪，也终将变得污秽。

　　雪越下越大，脚下的雪，吱呀地响。他们倾诉着，告诉人们这是一个有故事的季节。

（写于 2015 年 12 月 4 日）

# 香

桌上这木制的香盒，飘出一阵阵若隐若现的烟，一闻便知，这是印度香。

我烧香时，从不将香立起。只是让它平躺在我的香盒中，以便让它烧光后，留下完整的香灰，像烧之前一样，不多不少。不过那又有何用呢？风儿吹过，便灰飞烟灭了。

我很少为拜祭而烧香，只是为使屋子中飘满这样幽的烟香。空气中美好的味道，除了一些食物，似乎太少了。这种东西是无形的，但你一直知道，它就在你周围，幽幽的。

我喜欢烟，也同时喜欢烧过的烟灰，它们的形态是容易改变的。将手放在烟盒上空，看烟从指缝中穿过，渐渐淡在空中，不留一丝痕迹。

我便这样，静静地看着这一炷香燃尽。由实，变为虚。这一炷香的工夫，我干了什么？又想了什么？每一次香的燃尽，都让我有如梦方醒的感觉，我应是怎样的心情呢？是叹息又一炷香变为了灰烬，还是为它的使命完成而欣慰呢？

总之，这一炷香的工夫，化为灰烬了。香盒中的灰，越积越厚了。

（写于 2014 年 7 月 9 日）

# 草地上

去年夏天，经历了小升初的洗礼，我终于站在了澳大利亚的土地上，如释重负。

我最喜欢做的，就是和比我仅小六个月的堂妹一起躺在青翠欲滴的草地上，双手交叉枕在脑后，看那蓝蓝的天空。八月，澳大利亚的春风吹动着草，吹动着草地上人们的衣带、头发，也吹动着那天蓝幕布上缥缈的云彩。

耳边，尽是祥和。孩子们在跑着、笑着，加之几声欢快的狗吠。大人们，有的说着中文，但更多的是听不太懂的流利的英文，还有一些明显的"中式英文"，不太标准，但我却听懂了。眯眼一笑，披着的头发随风拂过脸颊，心中一颤，这才是生活。

有一辆车开到了草地旁公园的石路上，三个孩子一下子跑了下来。紧接着，一条大狗跳了下来，和孩子们在草地上跑着、闹着，打着滚。孩子们的父母从车上下来，铺上野餐垫，笑呵呵地和孩子们说着什么，他们身上，仿佛还看得到青春呢。

一翻身，趴在微潮的草地上，从包里拿出本子，似乎想要记什么，我也不清楚，只是觉得如此美丽的画面，不记下来可惜了。但写了几笔，又停下了，再好的语言也记不下此时此刻的和谐。

抬起头，看树上鸟儿在叫着，竟有松鼠灵活地在树上跳着，没有人去捉它们。如此自在，竟让人也向往起来了。

我去过几个国家，到过不少城市，看过不少名胜古迹，也去过不少国内外风景如画的地方，而真正打动我的，竟是这小公园里的上午。

（写于 2014 年 11 月 26 日）

# 写　作

其实，写作是最有趣且最痛快的一件事了。我向来不愿将创作文章说成"写作文"，仿佛是有谁逼着自己去用文字组成一项作业似的。而创作，则是随心所欲的事了。

坦白地说，我喜欢写作。但我并不是想表达我有多么高尚的爱好，不过是喜欢让笔尖触碰着纸张把内心的东西表达出来，是一种释放，也是一种让别人理解、认识甚至赞赏的方式，有时，也是一种消遣。总之，时间就像笔管中的墨，渐渐流光，再也回不来了，而笔尖创作的文章就是时间的痕迹。

五年级时，我喜欢上了写作这件事。多亏我的小学语文老师，每一次的作文都会给我写上长长的点评，是她一次又一次在班里读我的文章，是她一次又一次地鼓励我、表扬我。若是没有这些赞赏使我喜欢上了写作，若是语文老师只是平淡地给我的文章一个"优"或"良"的等级，那么如今我为数不多的爱好又要少一个了。

这是我找到自信的一种方法，不论是喜怒哀乐，只要内心充满了哪一种情绪，我就会把它写下来，如果没有笔也没关系，我就把它写在心里，措辞、断句并开头、结尾。

有一段时间，我有点儿自卑、怪异，我总是想要别人知道我、关注我，总是做出很古怪的举动吸引别人的注意，做完却又后悔、懊恼、不知所措。那时我不想说话，只是写，拼命地写，或是默默流泪，直到泪打湿了纸，才惊醒。我至今也无法理解那时的自己，许多文字也在我惊

醒后扔掉了。只有这样一段文字留了下来：

内心太小，容不下第二个人。

内心太敏感，抚摸都会痛。

内心太失落，怎么都会流泪。

总感觉，找不到真实的自己。

总希望，生活在梦里。

文字的作用，大概如此，将过去的自己写下来，哪怕留给今天的自己取笑也罢。今天，我已不太理解写下这段话时的心境了，大概当时的我很痛苦吧。

看着过去自己的文字，就像在看一场电影。大约在初一时，我的文字都是这种郁郁寡欢的味道，如今怕是想写也写不出来了。初中的数学老师见了我登报的一篇文章，问我是"无病呻吟"还是"黛玉葬花"，我竟答不出来。我究竟怎么想的自己也不清楚，若是非要答，那就是"无病呻吟地黛玉葬花"吧。

每一个时期的文字都不大相同，有时为了打发时间，有时为了避免遗忘，有时只是为了发泄。文字是最忠实不过的东西，它不会变，不会背叛你。

我脑海中总装着些"为什么"，这些思考总是让人发笑，不过对我来说却很宝贵。记得以前听过一个讲座，老师说文章是写给别人看的，我却认为不一定。总之，我们不一定每次都要努力写出"千古绝唱"，为自己而写岂不是更好些？

（写于 2015 年 8 月 13 日）

# 妈妈的爱

爸爸出差了，家里只剩下我、妈妈和那只早已被我忘记名字的小猫。那天，已是黄昏，年幼的我一时兴起，抱着猫要给它洗澡。

妈妈听了，紧皱双眉，要我等爸爸回来再洗。而不懂事的我竟哭闹起来，完全忽略了一件事：妈妈怕猫。

最终还是我赢了，兴冲冲地跑进洗手间，接满一盆水，等着看妈妈给猫洗澡。妈妈似是艰难地抓起猫，伸直胳膊，把猫举在身前，避免被猫抓到。尽管猫并没有反抗，但妈妈额头上却出了一层密密的汗珠。

猫不喜欢水，被放入盆中时，挣扎着跳了出来，溅了我们一身的水。我只是觉得好玩，却没有留意妈妈惊得几步退后，背贴在墙上，用手背抹了一把额头上的汗，又赶紧把猫抓回来，继续洗起来。

我在旁边看得津津有味。不久，有些乏味了，便跑开玩去了，留下猫和妈妈在浴室。以后的事情，我便不记得了，只有妈妈的汗珠和后退的样子，留在了我的脑海中。

（写于 2014 年 10 月 16 日）

# 小丑的微笑

## ——无声动画电影《魔术师》中小丑的内心独白

红鼻子下露着咧开的嘴，永远是一副天真可爱、快乐无比的笑容。哗众取宠的日子一定要笑着面对，所有失败挫折要转过身一个人承受。台下观众的冷嘲热讽不得不面对，满堂观众，如今，只剩下零星两位。

有谁见过小丑的泪？卸了妆，摘下红鼻子，更换上一副沧桑的面孔，曾坐在台下的观众却没一个能认得他。除了台上的几十分钟，在剩下的孤独的夜中醉生梦死。那一副嬉皮笑脸的样子才是别人心中的他，转过身的哭泣，又有谁过问？

小丑的微笑，是天底下最大的笑话。记得一个人说过："如果观众不笑，我会被饿死。"别人的笑，如此来之不易，它是一个人的生命，但它在小丑脸上却一文不值。

只有哭过的人才知道笑的来之不易，只有低下过头的人才懂得抬起头的骄傲。而他抬起头，却只看见一片虚无寂静与黑暗。渴望找到一丝活下去的希望与盼头，却只睁大一双无助的眼。

路上行人，匆匆。谁低头看他？

人生漫漫，茫茫。谁首先放弃？

坚持却永不胜利，失败永换不来成功，这是职业的落魄，并非一人的过错。何恨？何怨？何悔？何去何从？

白发出现在头上了，新的开始已为时过晚，人生一时，非一世。既如此，又有何意义去坚持，不如放弃。

化好装，戴上红鼻子，踩上了板凳。他看着房上的那根绳子，笑了，看上去笑得那么快乐。良久，他把头探了进去。在准备踢开板凳的一刹那，房间的门铃响了……

（写于 2014 年 6 月 12 日）

# 我在学二胡

　　落地窗微微开着，已近傍晚，夕阳最后一丝余晖从窗缝中挤了进来，洒在了客厅这小小的"音乐教室"中。爷爷坐在藤椅上，微合双目，怀中抱着那把陈旧的二胡，弓弦轻轻抖动，琴声悠扬，似乎整个世界都安静下来，只有爷爷手中的这把胡琴在倾诉着，描绘出轻纱笼月、寒冷飞泻。我却早已陶醉，沉浸在它那诗意的琴声中，忘了世界，忘了自己，不知不觉中，我踏入了二胡世界，折服于这含蓄却深情的琴声中。

　　琴声中，我不禁也握起那把崭新的胡琴，仿照爷爷，期盼着属于自己的旋律。我似乎已经听到了手中的胡琴为我而唱，悠扬的琴声已在我心头荡漾。"嘶——"突然一声"尖叫"划破了宁静的夜空。不知何时，夜幕已至，我呆呆地望着手中的胡琴，缓缓拉动，而每一个音符都像断了线的纸鸢，还未腾飞就已坠落。一声比一声刺耳，一声比一声绝望。松香落在裤子上，留下了惨败的印迹，我双手颤抖，似是跌入了深渊。

（写于 2016 年 3 月 11 日）

# 莲 蓬

说起莲蓬，大多数人大概都会想到吃，而有谁想过，其实，它是希望。

莲花，终于有一天会谢了。然而它的凋谢，也伴随着一个东西的重生，那就是莲蓬。它是希望，它虽没有花美，但却延续着花的生命。只有花谢了，才会有莲蓬，它是花的转世，它要完成花未完成的梦。

当它成熟了，有了莲子时，它准备好了，它会像花瓣一样掉下，坠入水中，像花瓣一样在水上静静地漂，寻找机会，轻轻沉入水中，沉到泥土上，生根发芽。

莲，其实从未"死"过，它的生命，一直都在。莲蓬，是莲的希望，它连接着两个生命：莲花和莲子。它是一座桥梁，连接着这对母子，完成着莲花的梦想。让湖的另一头，出现一株更美的花。

（写于 2014 年 4 月 16 日）

# 莲

玫瑰艳艳手中捧，莲花亭亭叶上伏。

朱玫丛中众人赏，素莲波上独自开。

待到瓣瓣花落时，无人爱怜又何妨？

花瓣飘落清水上，莲下碧叶青依然。

（写于 2014 年 5 月 21 日）

# 三脚架上的"一二·九"

我问朋友，知不知道"一二·九"是什么日子。当我给她解释，"一二·九"是学生爱国运动，学校组织了"一二·九"远足活动，由学校徒步到植物园里的"一二·九"纪念亭时，她告诉我她以为12月9日是我的生日或对我很重要的节日。我说，这一天的确对我很重要。

与其他同学不同的是，我是校记者团的成员，我的工作是用相机记录这次活动。而这，也注定了这一天的不平凡。

12月8日，我从下午放学一直待到晚上九点，在记者团的房间里打印修改了一遍又一遍的分镜头稿，在寂寞的校园里寻找最合适的机位。在夜幕下不过几平方米的房间里，耳边是"同事们"打字的声音，手上是远足的地图，灯幽幽地，照亮这被时间遗忘的角落。那一夜，难忘……

12月9日，按计划我们分成三个组，将全程分为四个站点，我负责第一和第三站点的拍摄。因此，我们要打车赶在同学们到达站点前做好拍摄准备。

我们没料到同学们走得那么快，更没想到路上会堵车。在慌乱中支起三脚架，拍完最后一个队伍，但打不到车。我们手足无措地看着队伍快速地消失在拐弯处，想着该怎么去下一个站点。接到电话，另一组同学坐的出租车开错了地方，对着电话焦急地询问。慌乱中又发现另一个三脚架落在了出租车上……阳光依旧灿烂，冬日的清晨还是那样爽朗，在风中扛起三脚架，奔向最后的站点。那么多不在行程表里的事情，就

在这样的早晨突然发生，猝不及防……

摇一个镜头，阳光从光秃秃的树枝间闪过，松针在浅蓝的天空中微微摇摆，鸟儿忽地腾起，树下是团旗轻轻地飘。同学们惊奇地发现我们的存在，兴奋地同我们打着招呼。偶遇了第三组的同学，和他们一起搭车去往第三站点；联系到司机，找回了三脚架，那一组同学改变了计划，直接去了下一个站点。这个早晨，美好……

故事，在取景器中悄然上演。疲惫的女生由同学搀着，告诉我她崴脚了，但她不要坐"收容车"。先到的班级在站点签了到，离开时看到下一个班走来，向他们大喊着加油，男生们拍着手，或是边喊边把拳头举向空中，还有的把手拢在嘴边，向正在靠近的队伍大喊。团委的同学看到自己班来了，兴奋地跳起来打招呼……这一切就这样发生在眼前，真实……

清早走得慌忙，没带护手霜。到纪念亭时，才发现右手食指冻裂了，肿了一圈。演讲开始了，同学们站得很紧凑，取景的位置正好在树坑里，树坑里不平，不好支三脚架，我只好站在树下手持 DV。右臂紧紧贴在树上，极力克制右臂剧烈的酸痛带来的颤抖。把什么都忘记了，整个纪念亭仿佛只剩下手上的 DV，还有疼痛。仅此而已，这是我的工作。

如果再给我一次选择的机会，我还会选择拍摄。每一帧的镜头后面都有一个故事，而这故事背后的情感，只有自己才会懂。

（写于 2016 年 12 月 10 日）

# 我有我的担当

那天，我和大姨还有两个表弟来到商场。买完了东西，要结账时，收银台出了故障，这两个小家伙突然叫着要去卫生间，于是只好由我带着他们先去。

他们俩一个五岁，另一个三岁。我一手牵着一个四下打听卫生间在哪里，得知一层没有，得乘扶梯到二层去。我带着他们上了扶梯，稍大的那个表弟突然一下挣开了我的手，爬到了扶梯的扶手上，两腿悬空，还时不时地蹬一下扶梯来保持平衡。我慌张地一把抓住他，还没站稳，他又爬了上去，身旁的那个较年幼的表弟见到他哥哥那有趣的举动，马上模仿起来，也够着要爬到扶手上去。

这突如其来的举动吓坏了我，我要抱他们下来，而他们却倔强地一次又一次地挣开。扶梯不管它上面的孩子们怎样，只顾着越升越高。我曾听说过有个六七岁的孩子带着他弟弟乘扶梯，他安然抵达，而他弟弟却摔了下去，当场死亡。想到那一幕，我甚至要哭了出来。大的很好动，而小的向来很乖，如今着迷地效仿着他哥哥，不肯下来。

我听到身后有位老奶奶操着一口京腔道："瞅瞅，多危险哪！"情急之下，我一把将那年幼的效仿者抱了下来，另一只手紧紧地抓住大表弟不让他再攀爬。他们依然在挣扎，我狼狈地制止着。只是稍一松手，他们就又爬了上去，大的表弟用力稍猛，险些侧翻出去。前面的人都回头看我，有人轻轻咂舌，还有的家长指着我们对他的孩子说着什么。我不喜欢被别人这样指指点点，但我只是把他们抱得更紧。不管别人怎么

看，作为姐姐，我要保证他们的安全，我绝不会让他们出任何意外。

眼看抵达了扶梯的平台，我把他们稍稍抱起，离开了那个噩梦般的扶梯。从卫生间出来再次回到扶梯准备下到一楼时，我弯腰告诉他们下扶梯时要乖，从这里摔下去会很疼，比打针还疼。我尽量耐心地用最好理解的话讲这个好玩的游戏不能玩的原因。最终，我认为他们理解了，才领着他们走上滚梯。两个表弟沮丧却严肃地下了扶梯，全过程都没有再爬上去。

回到收银台，大姨刚好结完账。走出了商场，看着这哥俩追逐打闹着，我舒了口气。或许担当就是在众目睽睽之下依然紧握的手，作为姐姐的责任，抑或是出于本能地保护他们。

如今，我不再只是个孩子，我有了更多的身份，有了更多的责任需要担当。不仅只是像保护表弟那样简单，担当需要勇气和决心，不过我相信我能做到，我有我的担当。

（写于 2015 年 11 月 21 日）

# 忍一忍

屋外茫茫的雪迟迟没有融化，在略带凄凉的冷风中，我踏着雪，走向另一个洁白的地方——医院。

我已不是第一次来到医院了，这个寒假中，这是我第六次来医院，只不过，前几次是因为发烧，而这次是为了冷冻脚上的一个"疣"，也叫"瘊子"。

这种病并不少见，但它却第一次长在了我的脚上。平时只有走路时它会有一点儿疼，其他并不影响。但是，从去年到今年，我终于下定决心除掉它！

走进医院，我毫不费力就找到了皮肤科的冷冻室，走到门口时，我下意识地停了一下。要知道，零下一百九十多度的液氮可没那么好惹。

终于，我踏进了冷冻室，却仿佛进入了龙潭虎穴一般。屋里坐着一个护士，手里拿着一瓶液体，瓶子里冒着气体，用一根长长的棉签均匀地"搅拌"着液氮。我清楚地意识到：这点儿液氮是给我用的！

我静静地坐下，一只手握住脚踝，眼睛紧紧盯着那个蘸了液氮的棉签，仿佛这个棉签决定着我的生与死！

我的心好像在棉签触碰我的一刹那平静了，不知为什么，我一下子懂得了心静如水的境界。将近零下两百度的液氮并没有把我弄得很疼，比想象中好多了。其实没有什么大不了，忍一忍就过去了。世上这样的事也很多吧！

几分钟后，我又一次踏在雪地上，只不过这次的脚有些跛，每走一

步，脚都会因震动疼一下。我虽然可以喊疼，可以打车回家，但是我并没有这么做，我相信我可以，哪怕疼一点儿，我也可以坚持回家。只有一公里的路，我能挪回去！

现在，我坐在家里写这篇作文，我可以自豪地跟妈妈说："我是自己走回来的！"尽管现在被冷冻的地方还在隐隐作痛，不过，终要经历的伤，终要忍受的痛，忍一忍总会过去。

（写于2014年2月8日）

# 且行且珍惜

　　一艘小纸船，悠悠地漂过来，这便是儿时最纯真的美好。而有一天，小纸船沉没了，远处一艘轮船缓缓起航了。

　　轻轻翻开那本读过几十遍的《美猴王》，推开桌上赫然写着"中考复习"的资料，任一缕阳光洒在书上，就像十年前我曾无数次做过的那样。半遮的窗中吹过阵阵微风，把思绪带回远方，也许这就是美好吧，一种过了有效期限的美好。

　　追忆十年前的那种美好，是在姥爷膝上，我指着书上的插图，要姥爷把故事讲给我听。那故事似乎怎么听都不腻，于是便这样听着、看着、出着神，度过了整整一个下午。至于记住了多少内容，大约已不重要了，于是这美好便来源于一抹悠然、随性。没有人要我回答是谁创造出了美猴王，也不用知道他师父为什么取经。只要开心就好的美好，如今早已过期。好像一艘吸饱了水分的小纸船，一晃，渐渐沉没在时光的浪潮里。

　　然后忽然有一天，一本厚厚的《西游记》摆在面前，要我去读；忽然有一天，我不再在楼下和小伙伴们玩耍了，有一书包的作业要我去写；忽然有一天，我上了初三，那随性的美好便不复存在了。我知道，它已然过了它的有效期限，沉入水底了。

　　而我决定不去怀念那份美好，或许曾经我是无忧无虑的，而今却多了一份责任要我去担当。儿时的我从未体会过考一个好成绩会给人多大的快乐，不知道其实《西游记》里不只有美猴王，更不知道什么叫充实

的快乐，什么是拼搏。

　　于是在纸船沉没时，我登上了轮船，去往更遥远的地方。其实美好一直都在，只是一种美好不停地被另一种美好所取代。我们要做的，就是珍惜此刻的美好，这份在不同时期一去不复返的美好。这艘叫中考的船和它的这份美好，就要到有效期限了，所以我要做的，就是且行且珍惜。

（写于 2016 年 6 月 9 日）

# 相视那一刻

进入初中的第一天，我早早坐在教室中，老师还没有来。正当我开始想象时，从门口进来一个人，在门口停了一下，又有些匆匆地走进了教室。她在讲台中间停了下来，目光温柔又随意地洒在了班上的每个人身上。当我与她对视时，便开始上下打量她。

齐耳的头发，显然烫过。脸上淡淡的妆，使人猜不透她的年龄。个头不是很高，却站得很直，嘴角微微上挑，也不知是一种礼仪还是满心愉悦。

一个沉稳却又不那么低沉的声音说："我姓熊，是大家的班主任，教数学。"我抬头，发现熊老师边说，边再一次把目光投在每个人身上。发现她巡视的目的不仅是看或观察，又带着一丝好奇似的。

当我又一次与她对视，我发现她的笑是真实的，声音中也会不经意地透出一种激动。穿着一身并不华丽却很整齐的衣服，显得十分得体。三四十岁的年龄加上沉着的声音和动作显得很有经验。从始至终，没变的是嘴角的笑和从两只大眼睛中不断释放出的光，让人十分舒服。

熊老师的嘴角微微动了一下，说："对，熊猫的熊。"大家跟着笑了，然后大家开始介绍自己。很快轮到了我，我起身走到讲台上，在黑板上写下我的名字，不经意间发现熊老师那双眼睛中闪出好奇的光。这是又一次的对视，在她的眼中，看到的不是小学老师的那种关爱——像家长一样那种放心不下，恐怕一会儿又出什么事的呵护的感觉。熊老师的眼光仿佛是在看着一个新朋友，在迫不及待地想了解什么，仿佛眼前

站着的我不是一个小孩子、一个学生，而是一个同龄的朋友。

当所有人介绍完自己，熊老师又用另一种目光洒在了每个人身上：不是好奇，而是很友善地扫过。这时，我和老师的目光又一次碰到了一起，她好像在我心中变了一个人，不再陌生了，我也不再紧张了。我用目光向老师传达了我的心声："我愿与您共度三年，您不仅是我的老师，也是我的一个朋友了。"她并没有说话，但我相信她明白了，因为她的目光告诉我，她愿与我们成为朋友，不是吗？

（写于 2013 年 9 月 1 日）

# 不能没有你

在我的生命中，不能缺少的，除了父母、亲人之外，还有老师。

三年级时，我认识了您——年轻的体育老师陈老师。小学，我遇见太多的老师，他们教会我各个学科的知识。而您，教会了我更多体育之外的事情，使我终生难忘。

因为被选入田径队，我和您相处的时间多了起来。

记得暑假集训的时候，有一天，我来得比您早，只有四年级的我，望着天上毒辣的太阳，打起了不做准备活动的念头。于是我简单地活动几下，便躲到树荫下了。看到您来了，我就跑过去对您说我已经完成了准备活动，您点了点头。哪知我的谎言却被旁边的几个高年级男生当面揭发，我当时恨不得找个地缝钻下去。我以为您一定会质问我为什么要撒谎，但是您没有。您只是看着我微笑，微笑中充满信任。而我，只是羞愧得低下了头。

是您，教会我信任，也教会我不去辜负别人的信任。

那年海淀区的田径比赛时，我本来不能去，因为我知道队友中有比我跑得更快且更有经验的选手，但您还是让我去参加比赛。

上场前，我紧张地问您："我行吗？"您笑了，这笑容至今留在我的脑海里，因为它给了我自信。这是我第一次参加正式比赛。

之后的比赛渐渐多了起来。似乎是天意，注定我不能成为一个真正的运动员。正当我慢慢习惯了赛场上的气氛时，谁料想，一次重要的比赛时，我却一下子踩空，不知怎的，竟跌倒在跑道上。当时我多么想有

个人能扶我一把呀，但这次，您没有微笑着走过来，只是在看台上对我喊"站起来！"那一刻我埋怨您，只顾成绩，而不在乎学生的身体。但后来我才明白，"站起来"有多重要。

没有人能在我每次跌倒的时候，都扶我起来。在人生的跑道上，只有爬起来，才能赢。人，一定要坚强。而教会我这些的，不是别人，正是您。

去年，我告别了小学升入初中，也离开了田径队。虽然，您在我生命中，仅留下了三年的印记，但我不会忘记。因为我知道，不能没有你。

（写于 2014 年 11 月 3 日）

# 忙　碌

一早，同学们都去出早操，我转身上楼，推开宿舍的门，经过五颜六色的床铺，取了桌上整齐的一摞军训手册，悄然离去，反手关上门，恐扰了昨夜残余的温馨。

抱一摞军训手册下楼送去会议室，经过楼道间背光的窗口，银杏叶在灰白的天空上留下黑色的剪影，在风中微微摇曳。

编辑部里老师静默着排版，我极力想帮些什么，在百度上搜索，在素材里挑选，再翻阅批过的军训日记，敲入电脑。编辑部空间有限，我们几个人并排坐在编辑室的床上，每个人的腿上有一个笔记本电脑，屋里只有吧嗒吧嗒敲击键盘的声音，隐约能听到窗外的口号声。因为伤病，不能参加军训的同学组成了志愿者队，为大家编辑军训报刊《小白杨》。在整个气势沸腾的军训营地，我们这个编辑部，仿佛早已成了世间某个被遗忘的角落。时间缓缓流过，录入、排版、印刷、装订，偶尔在编辑室和老师们所在的会议室间奔波，虽忙碌，却又有几分享受，还有那充满内心的成就感，就这样度过了一上午。

下午拿了相机，在院中寻些同学们训练时的震撼影像，正赶上方阵演练。双手捧着相机，对准行进中的方阵，打过疫苗的右臂剧烈地疼痛，我极力克制住颤抖的右臂，但却不愿放手，因为对相机的热爱，更因不愿错过眼前这震撼的场面。我愿把它们捕捉下来，在多年后再次唤醒同学们模糊而珍贵的军训记忆。

送去最后一摞稿件，早已入夜。只身回到宿舍楼，看一个个方阵从

面前走过。听着远处军歌激昂，想着明天一早同学们手中就能拿到今天的《小白杨》，大家会叽叽喳喳地在报刊上寻找自己的文字和身影，心中倍感安心愉悦。

（写于 2016 年 7 月 27 日）

# 向　上

　　趁着小长假开车一路离开北京，途经古崖居，便临时停车决定前往。上山前，偶然瞥见停车场旁几栋极为别致的小别墅。一时兴起，便来到售楼处，稍做参观。

　　三层连排别墅里，烧着地热和火炉，瞬时驱走了寒意。厚厚的地毯加上欧美风的装饰摆设，让人只看上一眼，就十分满足。各种奢华的仿古家具更是带给人们无比的惬意。三层的露台将远处山上的景色尽收眼底。尽管正值冬日，也能想象出盛夏的绝妙景色。倘若当真有一天能够住进这样一栋房子，也算是人生中一大乐事了。

　　售楼员引着我们参观了别墅区的其他娱乐设施——马厂、露天泳池、高尔夫球场、油画馆、插花馆……各种休闲娱乐场所应有尽有，另外还有许多节日活动。其中一位中年妇女见售楼员来了，微笑着跟他打了招呼，身边她的爱人抱着个一两岁的小孩子说："看妈妈，妈妈正在包粽子呢。"

　　走远了，售楼员告诉我们说她就是这里售楼项目的负责人，也是这里的业主，这个别墅区里，住的都是社会上的财智人士……

　　离开别墅区，我和朋友笑谈，等我们有钱了，我们也在这里买一套自己的小别墅。朋友说，学金融好像比较赚钱，不过竞争激烈，更多人会失败或者平庸。进而，我们说，也许努力了未必能够成功，甚至失足跌落山谷，但是倘若永远停在山脚下，是绝不会成功的。

　　进入景区，眼前是崎岖的山路。古崖居位于山顶，山脚下是看不到的。若想看到那奇观，必先爬上眼前的山路。山很陡，之字形的路弯弯

曲曲地通向山顶，山虽不高，攀登却不易。起初我们的速度很快，渐渐超越了前面的人们。然而不久，我们发现，上了一段台阶，眼前又是完全相似的一段。树木遮挡，看不清距山顶的距离。一上午的奔波加上刚才的参观，此时，我们已经能够听到彼此沉重的呼吸。每一次机械的重复，都带来腿部的阵阵酸痛。两侧都是一样的景色，灰绿的松树和山上裸露的黄土加上阴沉的天空，没有一丝的美感。不禁烦闷，忽然想起这种心情，好像似曾相识。

中考前，一张张的卷子挤满了生活。明知道每上完一节课，每做完一张卷子，都是向理想的学校更近了一步，然而却依然时时不免迷茫。离终点还有多远，这一切的努力值得吗，眼前的景象萧瑟，却看不到终点。

正想着，忽然眼前出现了一堵石壁，石壁上出现了大大小小的一些孔洞。岩壁上，被掏出了一间间小石室，洞内阴暗，但风却小了。我无法想象古人是如何凭借简陋的工具在这样坚硬的岩石上挖出石室的，还有石室内的门、窗、石炕、廊柱、排烟道……

八百年前，我面前的石窟的主人们，为了生存，为了让自己生活得更好，不知道努力了多少年，终于在岩壁上安了家。而今我们，为了同样一个目标，依然是为了生活得更好，努力着，人们盖起了房子，建起了别墅。山腰上的石窟和山脚下的别墅，是人类在八百年中，为了达到这种欲望而奋斗的结果。

面前的确是石窟，但这只是冰山一角，山上更高处，在一面巨大的岩壁上，有一百多个石窟，集合我们一路上来经过的一个个小石窟，汇成一派壮观的奇景。我在想，在上山的过程中经历了一次次的重复、酸痛、乏味、阴沉，如果放弃了，转身下山了，我们将错过最终的美景。为了这道奇景，要经历一道道的转弯。就像中考后的我们，又匆匆向高考的目标跑去，经历着人生中的一个个小石窟，等待最终的奇景的出现，过程也不乏美丽。

（写于 2017 年 2 月 12 日）

# 忆月食

摆脱了忙碌的期中考试，迎来了一个轻松的周末。收拾东西时，找到了一张月食的照片，想起了爸爸的一句话："你想当哪一个？"

那是一个热闹而又快乐的夜晚，十一点多了，人，却比往常多多了。几乎所有人都出来了。有的妈妈抱着刚学会说话的宝宝，有的叔叔扶着上了岁数的老人下楼。他们都是来看月食的，但大多数，是像我们这样一家子的。所有人都在小区里碰了面，好不热闹。

电视上通知的可能有些误差，真正的月食比通知的晚了一个小时。等的时间长了，有些人不耐烦了。和我们一起下楼来的豆豆一家也有些无聊。豆豆是邻居家刚上一年级的小女孩，豆豆来找我玩了。妈妈和豆豆的妈妈是同事，也聊上了。爸爸和豆豆的爸爸也聊起相机的事儿了。

过了一会儿，爸爸和我们讲起月食的产生。讲完，爸爸弯下腰，问我和豆豆："星星、月亮、太阳和地球，你们想当哪一个？"我先答道："我是星星！""为什么呀？"爸爸追问。"你们看呀，星星虽然没有太阳、地球、月亮大，但它却愿意献出自己仅有的那么一丁点儿光芒，难道不伟大吗？"我想了想，说道。

"嗯，有道理！"爸爸说道。爸爸又问豆豆："你要当什么呀？"豆豆认真地回答："我想当太阳，因为老师说太阳能给人们带来幸福和快乐，而且有了阳光，豆豆就不用穿棉袄了！"站在一旁的妈妈忍不住说："豆豆真是个好孩子！"

"那你呢？"我问爸爸。爸爸告诉我他想当月亮。"哈！那你的光可

是我给你的哦！这次我比你厉害！"我笑着说。"可是是我把光聚集到这里，更好地献给了人们！"爸爸也笑着说道。"你偷我的光！""那我还是比你厉害！"爸爸说。"为什么？""因为我是你爸！""哈哈哈……"

"吃饭啦！"妈妈的话打断了我的回忆。我把照片收好，坐在餐桌旁。月食那天的笑声，却还在我的耳边荡漾。

（写于 2011 年 11 月 2 日）

# 回家的期盼

  飞机终于起飞了，冲向蔚蓝的天空。在洁白的云层中，我闭上眼：老家——山西，我何时才能踏上你的土地，走进那亲切的小院，看到爷爷奶奶呢？飞机上的时光，好漫长……

  冬天的山西，会下雪吗？记得去年回来时，小院中银装素裹。门前的两棵松树上挂满了雪花，在风中，雪花飘落，恍若仙境。院中的小池塘早已结冰，厚厚的冰层下面，竟有金鱼在游动，似团团火焰，在冰下积蓄着力量，为新的一年做好了准备，时刻想要迸发出来一样。苹果早已熟了，被爷爷奶奶小心地套上了一个个袋子，保护它们度过寒冬。苹果在袋中若隐若现的红，也为整个院子增添了几分姿色。飞机上，我静静地回忆着，期盼着再次见到我的小院。

  今年冬天，爷爷奶奶还会在初一那天包好饺子吧！去年是谁吃到了那个包着硬币的饺子来着？不知道今年又会是谁？据说吃到它的人，一年都会有好事发生。我望向窗外，朵朵白云都成了那带着美好祝愿的饺子。我默默地期盼着，什么时候才能吃上爷爷奶奶包的饺子啊！

  当我走进家门，一定会看到爷爷陶醉地拉着二胡。看到我回来了，爷爷一定会放下二胡，笑着说："小东西又长高啦！都长成个大人了！"我好像已经看到奶奶走过来，伸出手来抱住我，高兴得说不出话来，良久，才会拍拍我："回来了就好！回来了就好！"我要陪着奶奶好好聊聊天，听她那说了一年又一年的故事。我要坐在爷爷身边，听他拉二胡，自己也学着拉上一曲，爷爷奶奶一定会很高兴的！飞机上，我手中

杂志的图片中坐在长椅上的老人，竟被我看成了爷爷奶奶。我微微一笑，爷爷奶奶，我想你们了！

我的小院会比去年更漂亮吧，也许今年，我会吃到那个特殊的饺子呢。爷爷奶奶现在也像我一样期盼着我们到家吧。我像每一个赶在回家路上的人一样，期盼着过年，期盼着见到亲人，期盼着——回家。

此时此刻，飞机上的我仿佛已经站在我的小院中，听到了幽幽二胡声，闻到了饺子飘香。老家，我回来了！

（写于 2016 年 2 月 14 日）

# 强大的书

一天晚上，我和妈妈一起在网上订购了两百多元的书，我最期待的就是杨红樱的《淘气包马小跳》系列丛书，我们订了二十多本，我高兴得不知怎么形容！

第二天早上，是星期日，我正睡懒觉呢，门铃响了，是谁这么早就来了呢？哦！是不是昨天订的书来了？想到这里，我骨碌一下从床上翻下来，跳着跑去开门。啊！真的是我的书！我接过书，连声"谢谢"都没来得及说，飞似的跑回屋，站在桌旁读了起来。突然，一个既熟悉又可怕的声音传入了我的耳中："卓君，你的早餐怎么没吃？还有，你怎么站着看书？"我抬头一看，是妈妈，妈妈一提醒，我才感觉到肚子有些饿，腿有些酸。不过，我可顾不上那么多，又埋头读了起来，妈妈那严厉的话语一次次传入我的耳中。最后，妈妈忍无可忍，把我连拖带拉地弄到了餐桌旁。

我正看到书中的精彩片段，不可以打断。我决定使一回诈，对妈妈说："我要上厕所！"随着妈妈一声"快去吧！"我已经拿着书冲进厕所，蹲在马桶上继续刚才的精彩片段。"怎么还不出来，快点儿。"妈妈看我半天不出来，又在呵斥我了。我只好依依不舍地放下书，来到餐桌旁，胡乱吃了几口，就又回屋看书了。

午餐我也是胡乱地吃了几口，到了晚上，我已经看了三本书，饥肠辘辘的我一听妈妈叫我吃饭，就一个箭步冲到桌旁，狼吞虎咽地吃了起

来。只听妈妈笑着说："这孩子，总算可以放下心来吃饭了！"

我觉得世界上最强大的是书，因为它"逼"着我饿着肚子陪了它整整一天！

（写于 2011 年 9 月 10 日）

# 藏宝屋

周末，我写完作业就下楼转转，玩玩。与平时不同的事发生了。

我正边望着天空，边慢慢地玩健身器材。"姐姐，早上好！"回头一看，是个小女孩，蹦蹦跳跳地向我走来。"咦？这女孩子是谁？我们好像互不相识，可她为何和我打招呼？"她好像也看透了我的心思，说："我叫冲冲，姐姐，过来一下，我给你看一个……"她压低了声音，又说："给你看一个……宝藏！"

我还没有反应过来，她突然拉起我的手，飞奔起来！这女孩可真外向！也有点儿神秘！

我想知道她要带我去哪，但她却一再地说："等一等嘛，就到了。"忽然，我发现我们已经走出了小区，我明白了，她要带我去回龙园，这个小公园就在小区附近，平时我也去过那里，我的第一反应是：这冲冲带钱了吗？一人五毛钱门票呀！

转眼间，我们已经到了公园门口，我刚要问她，就已经到了售票处，冲冲高兴地和售票员阿姨打招呼："阿姨好！"售票员也笑着说："冲冲，又带新朋友啦！慢点儿跑！"我心想，连这位阿姨都认识她，我的票也免了，真能！

没时间想那么多了，我和冲冲奔进公园的小树丛，在一块小空地上，她蹲下身，气喘吁吁地说："前几天我在车轮下找到一只……先保密！对了，你看这朵菊花，就在这儿埋着呢！"我低头一看，地上有一朵不显眼的小黄花。也许是菊花吧，不仔细看是发现不了的！好险，差

点儿被我踩上！她到底埋了什么？

她变魔术似的从背后摸出一根小木棍，安静地挖起来。我吃了一惊，刚才吵着挖宝藏的她怎么一下子像变了个人似的。

我也和她一起挖，过了一会儿，我还没有看到什么东西。不知又过了多长时间，她举着一根羽毛跳了起来，“这是那个小麻雀的羽毛，马上就能挖到了！”原来，她想跟我分享她找到小鸟后的喜悦。又挖了很长时间，我们已经挖出一个拳头大小的坑了，还是没有看到鸟。

她噘起小嘴，差点儿哭出来。我马上安慰起来：“没关系，我们再找找。”“嗯！”冲冲点点头，小声嘟囔着说，“知道了，姐姐，你先回去吧，我再看看。”我是得走了，不知不觉已经过了半个小时，该回家了！

我和她说了再见，走了几步回头一看，那景象让我又吃了一惊。她又蹲下去，挖了起来，动作又加快了。

这是我第一次见到冲冲，过了几天，我们一家去公园时，又见到了她。她和我高兴地打招呼，她告诉我，她后来终于在公园挖到了小鸟，那是一只她在车轮下发现的已经死去的小鸟，她将它视为宝藏。

（写于 2012 年 10 月 7 日）

# "送"一份孝心

十月下旬，秋风送来了一阵阵寒意，太阳也不愿出来了，总是快到7点时才露出小脑袋。早晨五点，听，有鸟儿的啼叫，有风声的"沙沙"，还有飘来的一阵阵饭香，他起得真早呀！

这是个周六的早晨，姥姥下楼买早餐，回来后，姥姥一直说："好人呀！好人呀！"还没等我开口问，姥姥告诉我他就在楼下，看看便是。从三层窗户可以看得一清二楚。

他看起来三十多岁，穿着单衣，站在小桌旁，桌上摆着粥和小包子。我听到他和一位老奶奶的对话："您给我，我帮您盛。"盛完，说："您拿好，再见！"一段对话中并没有提到价钱，我的脑海中出现了一个字："送"。

他用这段时间干什么不好，他这是何苦呢？但在接下来的一段对话中，我找到了答案。他正陪一位老人说话：

"老人家，您儿女怎么样啊？"

"哎，人家早都远走高飞了，哪有时间陪我这老头子？"

"我母亲走了。之前我在一家公司工作，年薪二十多万元，但很忙！现在想尽孝已经晚了。果然，那么多老人儿女不在身边，我就尽一尽做儿女的责任吧！"

他说着，用手擦拭着眼泪。

那一刻，我明白了高尚无处不在，不管哪一种形式，可能是有原因的，但高尚是无私的，是不求回报的，也是无价的。

现在，我们搬家了，但我相信，他还会在那里，并且会把他的高尚传递给每一个人，将高尚用一个个包子、一碗碗粥、一份份爱心传递。

（写于 2012 年 9 月 23 日）

# 小仓鼠要过冬了

我家有两只可爱的小仓鼠。一身毛茸茸的黄毛，两颗芝麻大的小眼睛，加上两只小耳朵，就凑成了活泼机灵的小仓鼠。

一次，我照常来清理笼子和木屑，当我要把小仓鼠从二层的塑料房子取出时，突然发现塑料房子竟是空的，我大吃一惊，连忙摇晃笼子，渐渐地，我发现有一个小脑袋探了出来，这才松了一口气。原来，进入冬天，小仓鼠主动从二层的塑料房子"搬"到了一层的木屑中，把身子全部埋在木屑中，使自己暖和起来。我看到它们冷得瑟瑟发抖，于是让它们住上了温暖的整理箱。

一天晚上，由于我比较困，忘记替它们添水了。第二天，我突然看到箱子的半腰有两个小红点在缓缓移动，打开箱子才发现，它们正在用小舌头舔整理箱上哈气凝结的水滴解渴呢！简直太聪明了！

自从进入冬天，小仓鼠的身体似乎渐渐虚弱了一些，总是躲在木屑里，很少活动。于是我和爸爸专门去买了一些面包虫来给它们增加营养，别看那些面包虫的模样令人恶心，可它们却是小仓鼠最爱吃的食物！有时，它们为了吃到面包虫，可以不惜一切代价去寻找它，吃掉它！

有一次，我想逗逗小仓鼠，我把它们最喜爱的食物——面包虫放在整理箱的顶部，没想到，它们居然站了起来，用前爪试图抓住面包虫，活像马戏团里贪吃的狗熊。虽然摔了无数次跤，但是它们终于吃到了梦寐以求的面包虫。可当我把面包虫放到它们的脚下，它们却只

顾着仰头寻找上面的面包虫，而看不到面包虫其实就在脚下，真是鼠目寸光呀！

在生活中，无论多么小的一件事，只要我们留心观察，这些细节总会给我们带来一些收获的喜悦。

（写于 2010 年 11 月 6 日）

# 最不健康的"树"

"咯吱……咯吱……"一阵奇怪的声音传来，一个大"甲壳虫"爬来，森林有麻烦了！

"叽……喳……""哗啦……哗啦……"森林中大大小小的鸟鸣叫着，宁静的森林一下子乱了。一个可以两脚站立的动物走过来，拿着一把锋利的东西，来到千年古树旁，自言自语道："这棵做一张床，或桌子也行，做椅子可以做四把……"这棵树上的鸟儿们看到他举起那锋利的东西，"哗"的一声全飞跑了。不知哪个鸟妈妈不小心，一个鸟蛋从树上落下，"啪"的碎了，树顶传来一声哀鸣，渐渐远去。

"轰"，一棵参天大树倒下，那动物心满意足地开着"甲壳虫"走了。一群鸟围过来，被这景象吓了一跳，一个小鸟刚出生不久，不明白怎么回事，站在光秃秃的树桩上，跳来跳去：家呢？

第二天，"甲壳虫"又爬来了。那动物又拿着锋利的东西一挥，"哗……"有一群鸟飞走了，飞出了森林，飞出了依赖的家园，再没飞回来。那可怕的"甲壳虫"拿着东西不停地挥，尘土漫天，"轰"的声音出现得愈加频繁，飞走的鸟儿越来越多，高高的森林出现了一个个大木桩。

那动物贪心极了，短短几天内，他发财了。但他并没有满足，他带了更多的人来到森林里，个个都拿着一把尖尖的斧头。

三个星期过去了，森林的面积减少了百分之六十！取而代之的是光秃秃的树桩，每砍一棵树，就有几十只鸟飞离赖以生存的家园。每个人

都在砍伐，斧头不停地在人们手中挥来挥去，一棵棵参天大树"轰"一声倒下，但人却越干越起劲。

又过了一个星期，一个人对第一个来的人说："老板，树少了，可以走一些人了，该开发新的森林了。"随后，一大批人走了，只留下老板做收尾工作。

最后，只剩下一棵常年不结果的老树和上面唯一一只啄木鸟。啄木鸟飞到那人头上，不停地啄，它想："这棵'树'病得太厉害了！"那人被啄疼了，骂了一句："这臭鸟，真讨厌！"边说边将鸟砍死了，最后的鸟叫停止了。随着一阵风，最后一棵树倒下了。突然，一阵大风沙，将那人埋住了。

（写于 2011 年 6 月 6 日）

# "我也想家了"

今年寒假，我、妈妈、爸爸和姥姥一起回内蒙古老家。

在回去的火车上，我看见一个年轻的列车员在车厢中忙得不亦乐乎。我们一上车，就看见他在车厢中走来走去，一会儿帮着放行李，一会儿帮乘客接热水，好像从来没有休息过。有时候我们没有要求，他就主动上来帮忙。姥姥见他很热情，就过去和他聊了聊，他告诉我们他今年刚二十多岁，也是内蒙古人。

他和我们聊了一会儿，就又去忙了。一路上，他似乎没有停下来休息。车厢外，是被冰雪覆盖的草原和树木，而车厢里，大家好像都被那个小伙子的热情温暖了，每个人都感到十分惬意。外面的北风呼呼地吹着，而那个小伙子却满头大汗，不知是被自己的热情感染了，还是太累了。就好像车外是冬天，而车内是夏天。

这一路好像很快，不一会儿，就到站了，那个年轻的列车员为我们打开了车门，又用皮鞋蹬开了梯子。我不经意地看了一眼他的鞋，那双鞋很旧，皮鞋的跟已经被磨得不像样了。他又扶着我们下了车。我看着他的脸上仿佛有些失望，有些遗憾，又有些伤心。我问他："你怎么啦？""我也想家了。"他仿佛是自言自语，低声说道。他又告诉我们，他还要继续坐到终点站，他一个星期可能要经过三四次呼和浩特，可是不能回家。

车要开了，他又上车了。车开了，他还站在车门旁，看着自己的家渐渐远去。我也看着他渐渐消失在黑暗之中。

　　到了家，我在想，过节了，那位列车员什么时候才能回家呢？他对我们那么热情，一定是把我们也当做了他的家人。我相信，他会在火车上，过一个愉快的春节！

（写于 2012 年 3 月 1 日）

# 山

他是一个很普通的人，他干三百六十行中最不显眼的一行。但他不是要饭的，他有他的尊严，更不可能是小偷！他值得尊敬，他使人震撼。

他穿着一身破烂不堪的蓝色工作服，脖子上披着一块短毛巾，脚上穿着一双肮脏又老气的破布鞋，看上去五十多岁了。他来给我们送550公斤的东西，但只能得到不到运送总量十分之一的钱。

我们在家中休息时，他在一楼到四楼来回奔波，他不能坐电梯。东西实在太多了，他在二楼时，我们就能听到他山似的脚步声，每一声惊天动地，每一声震耳欲聋。

"哎，外面真热呀！"这是他和我们或是自言自语的第一句话。他每次搬两箱东西，一箱大约30公斤。他把箱子放在地上时，地颤动了一下。我抬起头，有些惊讶，也有些怜悯。

"哎，快好好学习吧！"在一旁看报纸的姥姥突然对我说，"不然就只能这样为人家干活，多辛苦呀！干得那么卖力，却只得到那么点儿钱！"是呀，有时候人们没有足够的资源，但为了家庭，也只能这样赚钱。

全家人都在默默地帮助他：爸爸帮着把箱子从他的背上搬下来，姥爷送上一根根烟，姥姥关心地问他需不需要休息一下。而我则恨不得把空调降到零下一百度！他好像也察觉到了，更卖力地干起来。

约二十个箱子搬完了，他还是穿着蓝色工作服，只是后背像是被泼

过水似的。还是披着一条短毛巾，只是一直滴着水，也不知道是毛巾湿了衣服，还是衣服湿透了毛巾。还是那么一双布鞋，但好像不是很老气了，感觉都可以和高档的皮鞋媲美了。他还是他，但感觉矮了点儿，也不知道是被东西压弯了腰，还是鞋底薄了。他还是那么认真，还是那么卖力，那么友好，那么……

　　他只是一个——搬运工。

（写于2010年6月3日）

# 格根塔拉之旅

今天，我们怀着激动的心情，来到了内蒙古呼和浩特市的格根塔拉草原度假村。

经过三个小时的旅程，我们终于到了，我迫不及待地跳下了车。哇！这里的空气比城里的好多了，朝远处望一望，一群马在草原上悠闲地散步、吃草、打滚、嬉戏。最吸引我的是那一片"白色小帐篷"——蒙古包！听妈妈说我们今晚就要住在这里，我更加兴奋了。因为我们吃过午饭后才来的，所以到这里已经五点半了。我们挑了一个白色、顶上有一些蓝色花纹的蒙古包，里面有床，只是这床不高，只有半个台阶高，所以有一些小蚂蚁可以轻而易举地爬上我们的床来，不过我们并不在意。

我们先去旁边转一转，忽然看到一群人围在那里，原来一只鹩哥在学人说话。一个人用当地方言说："恭喜发财"。那只鹩哥也用方言说："恭喜发财"。大家都说了几句，鹩哥也学得非常像，我心想：这鸟还真有意思！于是，我飞快地说了一大串话，这只鹩哥并没有重复我的话，而是说了一声："嗯？"人们被鹩哥的回应逗得都笑了起来。

回到蒙古包后，我们开着门，坐在床上玩扑克、下象棋。突然，一只蚂蚱跳了进来，我们大呼小叫，蚂蚱一会儿跳到这儿，一会儿跳到那儿，它趴在被子上，我用纸盒去打它。"啊！"我大叫，"痛死了！"我在打的时候自己的手抽到了蒙古包的支撑杆上了。就在这时，蚂蚱又跳

了出去。爸爸笑着说："看来，你没有白打自己的手呀！"大家都笑了起来。

天黑了，要睡觉了，这时下起了雨，我们就在这雨声中甜甜地睡了。

（写于 2011 年 7 月 22 日）

# 呼和浩特，再见！

时间过得真快，眨眼间，10 天的呼和浩特之旅就要结束了。今天晚上我就要回到北京了，回去之前，我们决定去看一看这里具有特色的、被称为"亚洲第一高"的音乐喷泉。

当晚，我们 7 点就吃完了晚饭，离火车开动还有 3 个小时。这个时间正好去完成我们呼和浩特之旅的最后一个节目——看音乐喷泉。

还没有到达音乐广场，远远地就听到了那悦耳的音乐，看到了那光彩夺目的灯光，还有在灯光下那连绵起伏的喷泉，一切都是那么耀眼，那么突出。

我们下了车，跑到了音乐喷泉池旁。哇！我们仰起头，这喷泉好高，高得像一个水柱，一直通到天边，水花溅到了天上，仿佛与行星融为一体。顺着水柱向下看，有无数个小喷泉时而起，时而落，围着大喷泉，仿佛在为它伴舞，仿佛在为它喝彩。灯光照射在喷泉上，呈现出五彩缤纷的图案，光彩夺目，随着音乐的旋律，喷泉高低起伏，灯光强弱、图案一直在变换。

音乐停了，一切又恢复了平静。当我们转身决定要离开时，一串清脆的音符跳到了我的耳中，一道灯光照进了我的眼帘，我回头一望，哇，喷泉又高起来了，灯光又亮起来了，音乐喷泉又开始了。原来，上一首结束了，下一首又开始了，一首接着一首，仿佛永远不会感到困倦。

我低头看了一下表，已经 9 点多了，火车 10 点出发，于是我们依

依不舍地离开了音乐喷泉，清脆的音乐在我身后回荡。

　　火车开动了，缓缓地驶离呼和浩特，我恋恋不舍地向窗外张望，哇！这不是音乐喷泉吗？它还在唱，还在跳，好像在欢送我们，呼和浩特，再见！

（写于 2011 年 7 月 31 日）

# 我想当老师

长大了，我想当老师，当幼儿园或者小学老师。妈妈问我为什么不当大学老师。我想：人人说"老师像园丁"。我想像园丁一样，把小种子培育成小苗，让小种子在土里扎下结实的根。

还有一个原因，那是在三年级的时候，发生了一个小故事。我们暑期田径队的体育老师马老师的女儿佳佳，刚两岁多。可能是因为家里没有人看，所以在暑期集训的时候，马老师把还没上幼儿园的小宝宝佳佳带到了学校，佳佳才刚会走路，说话还结结巴巴的。到了这里，她很乖，自己坐在主席台上看我们比赛，有时候蹲在沙坑旁玩沙子。我本来就喜欢和小朋友玩，再加上她那么乖，所以中间休息的时候，我很喜欢和她一起在枣树下捡枣吃，在土坑里堆土堆，在草地上捡树叶、树枝。可能这些事情都很幼稚，但是每当我听见她稚嫩的声音叫我"姐姐，姐姐"，每当我看到那张小脸上的笑容与喜悦，我心里有说不出来的快乐，甚至比她还要开心。当马老师要把她抱到跳远队那边的时候，佳佳竟哭着说："我不去，我要找姐姐！"那时候，我又一次下定决心，我长大以后一定要一直和小朋友在一起。

今年，我来到田径队进行暑期集训，佳佳发烧了，所以没有去上幼儿园。虽然发烧了，头上贴着发烧贴，可她依然开心地对我说："姐姐，我上小三班了！"我把她抱起来，放到主席台上，她想下来时，我再抱她下来，和我一起训练的同学说："我看，你都快成了她的保姆了！"

是呀！我很想当保姆，当所有小宝宝的保姆和他们的贴身老师，像保姆一样，一直陪着他们，他们的开心就是我的快乐。

（写于 2011 年 8 月 2 日）

# 最"强大"

很久以前，曾有过一个巨人。一天，他看见了在小小的土堆上慢慢爬行的蚂蚁。巨人视力很好，怪不得可以看见小如沙粒的蚂蚁。如果有机会坐在巨人的肩头，就好比坐在埃菲尔铁塔上。巨人趴下来，轻蔑地对蚂蚁说："哎哟，你累不累呀？这点儿小尘土我的眼睫毛都可以扫平，你却把它当做一座山来爬，你说你能干什么呢？"说完，他站起来，吹了一口气，土和小蚂蚁一起被吹了起来，又"啪"的一声掉下来。"哈哈哈，我是世上最强大的！"巨人说着，大笑起来。

巨人来到了大海边，见一条船在水中航行。他一把抓住船，放在沙滩上，船动不了了。巨人说："果然，我是最强大的！"巨人看了看大海："这水不错，可以当我的泳池了，不过我还是比它强！"忽然，一阵黑压压的东西朝他扑来，他慌了。那群黑压压的东西把他抬起来，扔进海中。原来，是一大群蚂蚁，领头的那只就是被他吹起来的那只，那只蚂蚁说："别小看我们！团结力量大！"

涨潮了，船又回到水中，船把在水中轻轻飘飘的巨人推到海中心最深的地方，说："人各有所长，各有所短，在水中你就不如我了吧。"巨人大喊一声："不会的，不可能！这世上不可能有比我强大的东西，这不可能！我是顶天立地的巨人，没有人比我强大！"

一言不发的海突然做了一个大旋涡，巨人渐渐下沉，巨人挣扎着。

海用低沉的声音说："人外有人，天外有天。你如此自大，绝对没有好下场！"说完，巨人惨叫一声，沉了下去，世界恢复了平静。

（写于 2011 年 5 月 12 日）

# 风　波

　　这，是一个改变我一生的大风波，它让我明白了什么是乐观，什么是勇气，什么是关爱。

　　那天中午，体育老师陈老师把我叫到了体育办公室，他告诉我今年的海淀区运动会选中了我去跑四百米。每当我想起这件事，仿佛鸟儿都在欢叫，总是兴奋不已。

　　"请参加海淀区运动会的同学下楼集合"，我一下子冲到楼下。老师正在等着我，他把手中的"053"号参赛牌贴在我胸前，带着我和一些同学上车，去往运动场。

　　一路上，花草随风摇摆，好像在为我加油。就这样，一路上我充满信心，微笑着来到体育场。"天哪！"场地这么大！四周早已坐满了人，甚至有些小观众坐在大人腿上，有些搬着小椅子坐在地上。不知什么时候，汗水已浸满我的手心。

　　"请四百米050到059号选手入场"，大大的广播器发出令人激动的消息。"快去吧！"陈老师笑着对我说。我点点头，跑过去。老师给我们讲了要求，便让我们做准备，10分钟后开始。

　　"砰！"一声枪响打破了静寂，每个人都用尽全力跑了出去，四百米对我来说十分有难度，勉强可在1分20秒左右跑完。一圈下来，我排在第四，可后面就不太乐观了，第五、第六、第七……快成最后了！力气也快用光了！最后十米！超了……

　　"第八，053！""倒数第三！不！"我一边大喘着气，一边痛哭着

大叫！"不错呀！""嗯，真棒！"……前三名同学的教练夸赞着自己的学生。"不错了！"陈老师笑着对我说，"1分15秒，有进步！"老师笑着递给我一瓶水，拍拍我的肩膀，让我有一种父爱的感觉。

我低着头，走回休息室，我拧开瓶盖，一仰脖儿，不管三七二十一，只是往嘴里灌水。水流了出来，滴在那洁白的"053"上。泪也滴了下来。我索性把剩下的水泼在脸上，让泪流个痛快。"哭什么？不错了！"一个慈祥的声音传进我的耳中，我抬眼一看是陈老师。老师给了我一个灿烂的笑，"勇敢一点儿，别被小挫折打倒！"老师说："去那边体操室玩玩吧，忘了它！"我拖着沉重的步伐向体操室挪去。"易飞！"老师叫来一个小姑娘，是六年级（8）班的，"去吧，带她玩玩！"易飞笑着，带着我玩、跑，在杆上跳，此时伤心早就飞走了。

最后，老师带我们回校，他跟我说："你已经尽力了，并且真的有进步！"我笑了，老师也笑了。回家后，我摘下胸前的"053"，在上面写上"勇敢面对、乐观克服"几个字。老师的微笑仿佛也在这字上飘着。

这是一个大风波，让我永不感到自卑，让生活脱离悲伤，这场风波改变了我的一生，教会了我要乐观、坚强。

（写于2012年11月2日）

# 说　争

　　争者，互不相让也。所争者，即力求实现也。人人都有争的能力，而倘若我们能够妥善处之，争必将使我们受益匪浅。

　　力求实现的，是对自我的更高要求，不是争名义上的胜人一筹。争，是一种使人积极向上的重要因素。多少人碌碌无为荒度一生，安于现状，凭借"人的命天注定"的幌子，掩盖自己不思进取、苟安于命的事实。三人行必有我师，小至身边的同学朋友，大至著名的成功人士。每每暗自叩问自己，为什么他学习那样好，为什么她那么出名。此时心头涌起的这种不甘，便正是争的前提。正所谓见贤思齐，在不甘的推动下，思考如何赶上或超越他们。如此这般，不知不觉中你已身在一次竞争中了，而这争的结果并不重要。或许在这场竞争后你的确超越了你的朋友，或许你仍旧在社会上无人问津。但即使永远不会同他们一样出名，又何妨？争，是你向上的动力。争，早已使你不再是原来的你。

　　力求实现的，是拥有走向人生巅峰的能力，而不是追求一夜成名。子曰：不患无位，患无以立。不患莫己知，求为可知。不怕没有人知道自己，只求有值得别人知道自己的能力。机会是给有准备的人的，只要自身是金子，就有发光的一天。我最喜欢的作家之一劳拉，在65岁时才开始写小木屋系列的小说。即便如此，她的初稿还是被出版社拒绝，几经修改才正式发表，之后小木屋系列的每一本书几乎都获得了金奖或者银奖。可见只要有能力，加上不懈的努力和不放弃的精神，就能最终争取到成绩。没有下够功夫，急于求成，妄想靠着运气一夜成名，甚至

投机取巧，使用不光彩的手段，则是万万不可取的。

力求实现的，是通过提升自己来实现社会的共同进步，而不是靠钩心斗角、互相坑害，在世风日下的社会里抢占风头。国家兴亡，匹夫有责。整个世界是由每个个体组成的，如果每个人都有争取上进的精神，整个国家和民族就会是积极上进的、充满活力的。反之，如果人人都想通过坑害他人来获得名利，在损人利己中进行不健康的争，那么整个社会也会随着这种不良风气渐渐消沉。正当的争，不仅会在每个人积极进取的同时使我们的社会流动起一种有益的奋发精神，还会在争的时候不再孤单，在身边的家人朋友们的良性竞争中更加充满动力。

凡事皆有双面性，争亦如此。我们既不能不择手段、盲目争取，也不能因噎废食、不求上进。争者，非不能也，是不为也。愿你我皆能积极争取，良性竞争，为共创和谐进取的美好社会献出自己的力量。

（写于 2017 年 10 月 9 日）

# 后记　致迷茫中的我们

最近看到一个由中学生拍摄的微纪录片，名叫《五里雾》，讲的是青少年的迷茫。

影片中几位被采访者都谈到了他们对未来的迷茫：不知道学习有什么用，在应试教育的体系里走了这么久，未来又该怎么走？不知道自己的梦想是什么？在梦想和现实面前又该选择哪一个？即使有了目标，目标那样遥远，又该怎么转换成眼前的动力？有时候不是没有选择，而是选择太多，我们又该选择哪一个呢？

细看这些问题，似乎每一个都深深地困扰着我们：现在的学习，以后都能用得到吗？现在学的这些都仅仅是为了高考吗？似乎从一出生开始就为了高考而拼搏，而高考后的结果一定会让我们满意吗？

的确，迷茫。迷茫似乎就像厚厚的云雾，挡住了未来的方向，留给我们的只有焦虑、不知所措，还有碌碌无为的空虚。

但是我想，这些看似无法回答的问题，当我们认真地叩问自己时，也许能找到答案。为什么要学习，学习有什么用？我也曾经思考过这个问题，终于我找到了让自己满意的答案。

我想过，如果从明天起我不再进入校园，那么我将干什么？也许我要躺在床上好好地看一天电影，也许我要出去到北京城里四处走一走，也许我要去一家书店安静地待一下午……

然后呢？下一周呢？明年呢？我想用不了多久我就会发现，我似乎已经干遍了我所有想干的、能干的事情。这时候我就会发现，生活变得

同样空虚，而且我将没有能力继续干我将来想干的事情。

我也许会想念我的同学，想念那个我曾经盼着放学离开的校园。因为这个世界，不需要没有能力的人。而对于我们大多数人来说，只有被这个世界需要，才能够得到自己想要的东西。因此，学习可以是为了给这个社会一个需要你的理由。学习，这是我能想到的，最长久、最不空虚而且最幸福的道路。学习是为了让我有机会选择生活，而不是让生活选择我。

我的梦想是什么？我该不该选择追求自己的梦想？北京的教育相对而言，也许会更开放、更包容一些。我所接触到的，很大一部分都来自我的学校。在学习的过程中我了解各领域的知识，了解各个职业，并且了解这个世界。梦想不是坐在屋子里，面对墙壁空想就能知道的。需要我们尽可能地了解各种职业，了解世界上各领域的知识。从中选择一个我们更喜欢的方面，并以之作为梦想。

没有梦想或许是因为过去没有足够认真地思考这个问题，没有充分地探索这个世界，因而暂时没有发现自己对这个世界感兴趣的地方。但我相信每一个人都会有自己喜欢做的事情，而且几乎每一件事情都能够成为一种职业，而每一种职业都指向一个独一无二的未来。

现在我们大多数人都有能力选择自己的未来，父母为我们创造了选择自己想要的生活的机会。那么，为什么不去试一试呢？而我们感兴趣的东西大多数都能够在大学中学习到，从而为我们想要的未来打下基础，这也是高考存在的意义。为迫切想要实现自己梦想的我们，提供一个飞翔的平台。

有时候，的确，我们自己的梦想，无法满足现实生活的需要。但是，纪录片里有一句话说，"无奈的选择，不一定会让我们碌碌无为"。也许梦想最终不一定会实现，但它起码是"五里雾"中的一盏灯，是我们努力的理由。

未来该怎么走？未来太遥远，怎么转换成触手可及的目标，怎么成为现在学习的动力？而且努力后的未来一定是我们想要的吗？没有任何

人能够解答这些问题，除了我们自己。

"未来"这个词本身就充满了迷茫和不可预测，没有任何人能够保证你的未来一定就是你想要的。但是我们当下所能做的也只有拼尽全力向自己所希望的未来前进，也许最终无法抵达自己梦想中的山峰，但总比待在山脚下无所事事地仰望遥不可及的未来强得多。至少我们正在往前走，也许在前进的路途中，你会发现一条更好的道路。就像鲁迅先生在日本学习医学时，却意外发现写作才是自己真正该走的路。也许他最终选择的道路与医学没有任何关系，但没有一个人可以说鲁迅先生学医是一段没有必要走的弯路，是没有结果的付出。

在走向美好未来的过程中，要知道，我们现在生活的每一天，都不知道要被多少人羡慕着。失明的人渴望有一天能够看到世界；失去亲人的人渴望有一天能够和家人团聚；失学的儿童渴望有一天能够回到课堂。因此，学习的每一天，都应该是享受的一天。在快乐中走向美好的未来，该是件多么幸福的事情。

可见，我们难免经历迷茫。但迷茫过后，我们总要，也总能给自己找到一个满意的答案。迷茫总会存在，但我们也总会走出迷茫。

因此，在青春的"五里雾"中，有的不仅是迷茫，还有希望，幸福，享受。

柴卓君于北京

2017 年 12 月 17 日